Copo vazio

Natalia Timerman

Copo vazio

todavia

Para Eder

Te regalaré un abismo, dijo ella,
pero de tan sutil manera que sólo lo percibirás
cuando hayan pasado muchos años
y estés lejos de México y de mí.
Cuando más lo necesites lo descubrirás,
y ese no será
el final feliz,
pero sí un instante de vacío y de felicidad
Y tal vez entonces te acuerdes de mí,
aunque no mucho.

Roberto Bolaño

Depois

Um dia Mirela abrirá a porta de casa, Camila de nove anos de um lado e a sacola de compras pendendo do outro, descerá de elevador os sete andares, acenará ao porteiro, baterá o portão e sairá à rua. Notará junto da filha que as flores já terão caído da árvore da esquina, estendendo sob seus pés um tapete sazonal, rosa e verde a cada outono: será a quarta vez que elas o verão reaparecer debaixo daquela quaresmeira. Perguntará se Camila trouxe a lista de compras — Mirela ainda não terá se acostumado a fazer listas virtuais — e, antes da resposta, tentará resgatar da memória o que estava faltando em casa. Caminhará distraída, em trégua com a própria vida: aos quarenta e quatro anos ainda não saberá o que é a paz, e talvez nunca chegue a saber. Sentirá, no fim da tarde de quinta, que o vento traz, sim, alguma alegria, e quase concluirá que é feliz, se tivesse elaborado em pensamento o conforto vago da brisa.

Depois de uns quinze minutos, Mirela e a filha chegarão ao supermercado e Camila pegará um carrinho, enquanto a mãe colocará os óculos para enxergar a lista de compras que, afinal, estará em sua própria bolsa — a presbiopia já estará chegando, mas isso não vai incomodá-la. Percorrerão os corredores conhecidos do supermercado, às vezes juntas, às vezes separadas, Camila se afastando para pegar o molho de tomate ou o iogurte enquanto Mirela compara os preços do sabão em pó. E então, como se fosse para aquele momento que convergissem todos os últimos anos, ou pelo menos os anos antes de conhecer Rui, Mirela olhará sem querer para o lado e verá um homem com a mão estendida em direção à prateleira dos amaciantes.

A mera tentativa de entender como chegou até aquele instante, de olhar em volta — as prateleiras, o carrinho com as duas caixas de sabão em pó, a música de fundo do supermercado: a realidade —, deixará evidente que o ar está espesso porque terá passado a existir. A presença daquele homem. E será estranho: o fim da tarde mudará de teor sem que Mirela possa se perguntar o porquê, e sentirá vertigem — o buraco do instante.

Pedro, ela então se dará conta, como uma imagem embaçada que vai ganhando os contornos nítidos do foco.

Camila, que estará voltando do corredor dos pães, não entenderá por que a mãe está paralisada, os braços um pouco levantados, a mão direita um pouco acima da esquerda, olhando por cima dos óculos aquele homem que a olhará de volta, ele também paralisado, mas encolhido. Não saberá que aquele homem é Pedro, pois Camila nunca haverá tido notícia da existência de Pedro até aquele momento.

Mirela olhará o cabelo grisalho, guardando só resquícios do loiro que foi, mais ralo nas têmporas, e recordará o medo de Pedro da calvície. Reparará que continua magro, talvez um pouco menos; a cicatriz do lado esquerdo do rosto, acima da barba — ele ainda usará barba, a mesma daqueles tempos, mas branca —, estará ainda ali, apenas mais tênue. Observará as novas rugas na testa, no canto dos olhos, as marcas desconhecidas na pele — ela também as terá, várias, mas continuará aparentando menos idade. E então, depois de percorrer seu tamanho, o cabelo, o rosto, como se guardasse para o final a melhor parte, ou como se a estivesse evitando, ou ambos, chegará finalmente a seus olhos, que a olharão também como há mais de dez anos.

Azuis.

Mirela será tomada pela mesma alegria pontiaguda de cada vez que se encontravam. Perceberá que suas mãos estão ainda suspensas e, tímida, as abaixará, sem saber o que fazer com os braços, enquanto Pedro seguirá imóvel, exceto pelos olhos que brilham, como antes.

Mirela tentará sorrir, tentará dizer, mas o espesso do ar abafará o som da sua boca. O peito baterá surdo. O silêncio ganhará da música de fundo, longínqua, de outras eras.

— Mãe?

Camila a arrancará do congelamento que poderia durar anos, e por quantos anos Mirela não terá esperado aquele instante, imaginando que encontraria Pedro em sua casa, na casa dele, na rua, numa praça, em outra cidade, outro país, numa praia quase vazia, mas nunca diante da prateleira dos produtos de limpeza do mercado perto de casa. As coisas seguirão assim, naquele futuro: ainda que se sonhe repetidamente, se invente memórias, envernize o que se espera de momentos especiais, eles desdenharão dos clamores ao destino e, se decidirem acontecer, serão banais, murchos, imperceptíveis.

O homem também será arrancado da petrificação pelo som agudo da voz da menina, e a enxergará reconhecendo traços nítidos, familiares de uma memória distante: o formato grande e puxado dos olhos, e também a cor (Camila terá olhos verdes iguais aos da mãe); o contorno desenhado da boca; o queixo um pouquinho pontudo; e não poderá deixar de perguntar — as primeiras palavras em tantos, tantos anos: é sua? Sim, Mirela dirá, confusa pelo sentimento inadmissível mas que ali estará, a culpa anacrônica por aquela filha: Camila; tem nove, já; como se de repente toda a sua vida depois de Pedro fosse um erro, envergonhada mais pelo erro — se soubesse que se encontrariam diante da prateleira dos produtos de limpeza, teria seguido com Rui? — que pelo absurdo daquele pensamento.

Ficarão ali, os três, sem saber como prosseguir com o dia. Pedro parecerá querer perguntar alguma coisa, algo qualquer para preencher a lacuna entre uma longínqua manhã de sexta, tão distante que quase pertencerá a outra existência, e aquele instante. Permanecerá em silêncio.

Camila estranhará a mãe: será a primeira vez que a verá assim atordoada diante de alguém. Mirela continuará sendo uma pessoa aflita após o nascimento da filha, mas não o suficiente para deixar transparecer. É uma mulher forte, seguirão dizendo, admirável, até calma, parecerá aos outros. Ainda mais com a idade.

Mirela sorrirá para Pedro, os olhos, as mãos úmidas, amarrotando a lista de compras e, agarrando-se nela como a uma boia atirada a alguém que se afoga, pedirá à filha que vá atrás do queijo enquanto ela busca o café; dirá a Pedro, quase, quase triunfante, a gente se vê, e seguirá com o carrinho para o outro corredor.

Pedro continuará imóvel.

Mirela tentará enxugar as lágrimas, absurdas, molhando a manteiga e o cereal matinal.

Antes

Marieta, a irmã, foi quem a convenceu a usar o aplicativo. Mirela achava de extremo mau gosto a ideia de se disponibilizar num catálogo de pessoas para, em troca, ter acesso a outro. Você está maluca, Marieta, isso é ridículo. Imagina se um cliente me vê? A irmã, mais nova e mais leve, ria, chamava Mirela de boba e antiquada, hoje em dia é a coisa mais normal do mundo, você tem que começar a viver no nosso tempo, aí quem sabe leva menos a ferro e fogo estar com alguém. Mas quem disse que eu quero estar com alguém?, Mirela argumentava, para escutar como resposta de Marieta: eu, ora, a quem você está tentando enganar? Por que uma mulher tem que sempre estar em busca de um relacionamento era uma pergunta que Mirela às vezes se fazia e que dava num atalho labiríntico e sem saída: isso é mesmo uma questão para mim ou é o jeito com que me tranquilizo por estar sozinha?

As irmãs se falavam sempre, embora Mirela não morasse mais na casa da mãe. Tinha alugado um apartamento logo ao terminar a faculdade, aos vinte e três, quando foi aceita para trabalhar num escritório que fazia projetos modernos e grandes para gente rica ao redor do mundo. Com o prêmio de arquitetura que ganhou com seu trabalho de conclusão de curso pôde escolher onde trabalhar, embora, por modéstia ou algum lapso na autoconfiança, tivesse dificuldade em admitir. Nunca achou que o projeto merecesse tanto, e só se inscreveu no concurso por insistência de duas amigas. No fim das contas, o dinheiro da inscrição que Mirela acreditava desperdiçar foi tão bem aproveitado que rendeu a possibilidade de sair de casa bem antes do previsto. Mesmo não sendo difícil morar com a mãe — Leda não costumava incomodar as filhas, não controlava o horário de chegar, não impedia de escutar música alta nem se incomodava com visita para dormir —, Mirela queria ter um espaço maior que seu quarto. Desde a adolescência se imaginava arrumando a própria casa, decorando-a conforme suas ideias, projetando devaneios tão sérios que convergiram para a escolha da arquitetura. Queria um lugar onde pudesse espalhar suas coisas a seu modo. E que não cheirasse a cigarro. A casa da mãe sempre rescendeu a tabaco, desde que os pais eram casados. Leda e Tadeu gostavam de festas e sempre havia muita gente e uma constante névoa cinza, que durava mesmo quando estavam só os dois: acendiam, ambos, um cigarro atrás do outro. Daquele tempo, a separação dos pais quando Mirela tinha nove anos deixou só a fumaça. A vida de Leda ficou pacata depois que Tadeu saiu de casa, emprego público, concursado, cinema aos finais de semana, silêncio aos finais de tarde. O vazio da casa era desproporcional à ausência de uma só pessoa: as paredes adquiriram uma tinta melancólica que a idade de Mirela não conseguia traduzir para além de um incômodo constante e endurecido. Os anos acrescentaram pouco a pouco camadas de compreensão ao seu olhar, mas era uma compreensão imprecisa. A mãe, o cigarro sempre aceso, a fumaça bruxuleando, o olhar perdido — talvez fosse disso também que Mirela quisesse se afastar: da mediocridade do cotidiano de sua mãe, aquele envelhecer sem sentido, vida desperdiçada no todo dia. E do que restou das lembranças do pai na casa quando ele morreu de infarto, pouco menos de um ano antes de Mirela se mudar. Não havia mais quase nada dele nos armários e estantes, só alguns livros e os discos — na casa nova de Tadeu não havia vitrola, sua paixão por jazz, por incrível que pareça, havia arrefecido com a idade —, mas era a mesma casa da infância de Mirela, e a morte do pai pareceu tornar de novo aguda uma ausência já antiga entre aquelas paredes.

Mirela ia toda semana à casa da mãe, sem perceber que era Marieta quem buscava encontrar. O jeito despreocupado de a irmã mais nova levar a vida anunciava, a cada vez, a grande novidade: as coisas são simples. Bastava uma gargalhada, e Marieta destroçava a insolubilidade angustiada com que Mirela via seus problemas. Marieta também aparecia na casa da irmã; talvez se sentisse bem naquele apartamento onde nada era vão e cada objeto guardava uma história ou uma utilidade — mesmo a bagunça, que se acumulava de tempos em tempos até que Mirela se decidisse a arrumar, parecia ter um papel definido. "Metodicamente desorganizada", Mirela se descreveu na entrevista de emprego para o escritório em que trabalha. Afinal, uma casa muito limpa, sem vestígios, não parece viva.

Já há alguns meses Marieta insistia para a irmã se inscrever no aplicativo de relacionamentos. Seria só questão de tempo: no fim, sempre a convencia. Deu a ideia depois do rompimento de Mirela com seu último namorado, o Fernando, mas devia imaginar: o trabalho de persuasão seria longo, a mais velha dizia não estar com cabeça para aquilo, mesmo seu sofrimento não sendo maior que o da ruptura dos hábitos que um relacionamento de dois anos já consegue construir. Mirela sabia, em algum lugar, que Fernando era alguém que preenchia todos os requisitos para o seu amor, mas de quem ela nunca tinha conseguido gostar de verdade, o que, de alguma maneira, protegera a relação, a salvara dela mesma. Nunca havia gostado dele com furor.

Num almoço de domingo, depois de uma noite encharcada de álcool no bar de sempre com os melhores amigos, talvez porque ainda estivesse meio bêbada, cedeu enfim à insistência de Marieta e instalou o aplicativo. Vamos ver o que é essa coisa aí. Deitada no sofá da sala da mãe, as pernas no colo da irmã, surpreendida com a própria ansiedade, mas ainda envergonhada, começou a correr os dedos por sobre aqueles rostos masculinos que se dispunham à sua frente. Não, não, não, não. Não. Não. Não, não. Não. Mirela era fascinada pela beleza. Sim. Um cara bem bonito, Marieta, olha só.

A imagem de Pedro ocupava a tela do celular. Uma foto em que ele aparecia inclinado em relação aos eixos da câmera, certamente tirada por outra pessoa, vestindo uma camiseta vermelha que no canto esquerdo exibia o escudo do Flamengo. No outro canto da tela, os cabelos loiro-escuros, que caíam desarrumados sobre a testa, os olhos azuis, pequenos e um pouco puxados para baixo nas laterais, o nariz grande, ossudo, que garantia a cara de homem-feito junto com a barba que, na foto, estava quase rala mas mesmo assim escondia parte dos lábios finos. Mirela deixou escapar um gritinho quando o aplicativo indicou que o rapaz também havia gostado dela. Marieta riu.

Mirela continuou deslizando diante de si aqueles rostos de homens. Interessou-se por mais uns dois, porém sentia um mal-estar semelhante ao da infância quando passava a tarde vendo televisão. Mirela nunca gostou de TV, nem a desenhos animados assistia: uma sensação de inutilidade atribuía uma aura de proibição, de erro, mesmo que ninguém a impedisse de ver o que quisesse. A quase culpa que vinha depois era tão ruim que anulava, ou, mais que isso, arruinava qualquer prazer que pudesse ter sentido antes. Preferia, então, nem assistir.

Bonito, seu nome. Diferente. Você acha? É, eu nunca conheci nenhuma Mirela. Era o nome da irmã de criação da minha avó, que veio da Itália ainda bebê. Mas o dela tinha dois Ls. Deve ter sido uma pessoa importante pra sua mãe. Foi sim. Mas ela desapareceu, sumiu, sem mais nem menos. Ninguém nunca soube o paradeiro dela. Nossa, que coisa terrível. Mas isso já faz muitos anos. Já não é uma memória triste na família. Ah, que bom. Pedro não tem muita história por detrás. Ah, todo nome tem alguma história antes dele. Será? Mirela ficou admirada que ele também não abreviava as palavras para escrever mensagens. Vamos nos encontrar?

Ele não era de São Paulo, viera para o doutorado. Ciência política. Mineiro: o sotaque de que ela sempre gostou. Mirela se achou muito sortuda de encontrar um pós-graduando bonito no aplicativo. Mas era estranha, aquela sorte. Mirela desconfiava. Pensava que só pessoas feias, pouco inteligentes, de alguma forma fracassadas, podiam ceder à humilhação de colocar suas fotos naquela vitrine humana. Imaginava que histórias de amor têm que ter começos poéticos, pontilhados de fatos aparentemente casuais que só depois se mostrarão parte do todo daquele encontro: o destino. Sentia-se ridícula por pensar assim aos trinta e dois anos, era uma fé frágil.

Mas Pedro ia a cada dia tomando um espaço maior. Antes mesmo de se encontrarem pessoalmente, era uma alegria tímida no fundo das coisas que Mirela custava a aceitar. Até porque era esparsa, quase dosada. Doses de mensagens que chegavam em uma medida alheia, talvez aleatória, que ela tentava aprender.

Enquanto rabiscava traços, esboços de casas e rostos em seu caderno, perguntou-se se seria estranho querer falar com ele todos os dias. Desenhou uma pessoa inteira. "Quanto tempo preciso esperar pra responder uma mensagem?", escreveu saindo do pé. Estava reescrevendo a palavra "tempo" quando seu celular apitou. Não era Pedro.

Depois de algumas semanas de o aplicativo ter avisado que o suposto desejo era mútuo e de algumas tentativas de casar horários, combinaram de se encontrar, enfim, numa noite de quarta. Um receio, uma desconfiança. Doses de silêncio, dias antes, quando tudo já estava combinado. É assim que funciona? No fim da tarde, Mirela escreveu perguntando se estava tudo certo. Pedro demorou duas horas e meia para não responder nada e ela tentar telefonar. Pedro não atendeu. Mirela voltou andando do trabalho para casa. Claro que aquilo não podia dar certo. Queria chorar no banho com pena de si, colocar o pijama e ligar para Marieta esparramada no sofá, mas Pedro frustrou seus planos autocomiserativos e escreveu. Estava em uma reunião da pós e ia demorar mais um pouco, mas se para ela ainda estivesse tudo bem, poderiam se encontrar umas dez e meia. Um bar numa esquina da Augusta.

Mirela se olhou no espelho. Diziam tanto que era bonita. Ela às vezes concordava, mas não acreditava na consistência da própria beleza. Precisava da eterna confirmação do olhar alheio, das palavras, do outro que sempre anuncia, a cada vez como uma novidade, mesmo a beleza mais antiga. Ajeitou os cabelos, pretos, ondulados; espalhou base na pele lisa que pouco mudou ao receber a uniformidade do tom caramelado. Nos cílios longos acima e abaixo dos olhos verdes, passou rímel; às bochechas discretamente salientes deu mais cor com blush. Olhou os traços finos e retos do nariz. A boca grossa, desenhada, sem batom.

Não pensava na cilada em que toda beleza excessiva lança uma mulher, a maldição que a prende no abismo entre a sedução e a rejeição: se a quisessem, o motivo seria sua beleza, e não quem era para além daquele rosto, daquele corpo; se não a quisessem, seria tão precária, tão profundamente feia, que nem a beleza havia conseguido disfarçar.

Mirela abriu a porta de casa, desceu de elevador, acenou para o porteiro noturno e saiu à rua. Fazia frio. Subiu a Angélica tentando desacelerar o passo: alguma pressa a premia adiante. Virou à esquerda, esperou abrir o farol da Consolação. Seguiu pela Matias Aires até a Augusta. O bar estava vazio, passava futebol na televisão. Sentou-se em uma mesa de frente para a porta. Olhou a TV, a porta, ao redor. Ajeitou-se na cadeira. Checou se havia alguma mensagem no celular. Dez e quarenta. O garçom veio perguntar se queria alguma coisa. Não, estou esperando uma pessoa.

Gol na televisão.

Hoje

Uma pedra incrustada no peito: Mirela não entende. Está exausta, mas não consegue dormir na tarde anoitecida de cansaço, despertada sempre pelo susto de lembrar, como uma notícia ruim, que Pedro sumiu. Uma dor física, pontiaguda, em algum lugar crucial que ela só passa a saber existir a partir daquela mesma dor. Se contorce, como se pudesse resumir o corpo, querendo acomodar aquele ponto dilacerado, latejante como uma inflamação. Soluça. Medo de dormir e do susto da notícia ruim. Do coração da dor.

O coração da dor.

Precisa sair.

Desce de escada, disparando pelos degraus. Para no segundo andar. Hesita. Volta correndo até o último, sobe, sobe, degrau, degrau, degrau, precisa se cansar, ocupar o peito de falta de ar, que a garganta precise respirar, apenas, e não conter aquele nó de onde jorra seu choro, e, chegando ao décimo quinto, volta a descer e desce e desce e cai sentada num degrau do terceiro. Não sabe para onde ir: não há lugar onde se imagine em paz. Mesmo ofegante, segue sem entender. Sente culpa. Percorre a memória atrás de palavras afiadas, atrás de gestos que sinalizassem aquele fim, mas não encontra. Acha palavras e gestos de carinho e de desejo que a sua própria lembrança afia e então doem, quanto mais carinho antes, mais dilacerantes agora, incompreensível continuação de estar com uma pessoa.

Termina de descer as escadas, as lágrimas ainda chorando por cima da falta de ar. Bate o portão do prédio, enxuga com as costas da mão o nariz que escorre, coloca os óculos escuros e caminha sem firmeza. O nó. A rua tem pessoas. Sobe a Angélica. As pessoas, quem sabe lhe devolvam o tamanho certo.

Vira na avenida Paulista. Eles iriam para Minas no próximo fim de semana, na casa da avó dele. Lembranças petrificadas derretendo antes de existir, saudade abortada. Como pode ser?, a dor pergunta. Talvez pegar o metrô, qualquer linha, descer em alguma estação bem distante, rodeada por ruas sem reminiscências, sem história alguma? Para onde foi Pedro, aquele Pedro? Havia alguém diante dela todo aquele tempo?

Anda com a pressa agarrada às pernas, os joelhos trêmulos como se também soluçassem, urgência sem nome, raiva, qualquer coisa que desatole o peito. Atravessa a Paulista. As pessoas passam sem dor. Ah, se houvesse mar em São Paulo. Mirela mergulharia, se afundaria, se afogaria. Mas talvez as pessoas, que se aglomeram sem conseguir esperar abrir o farol de pedestres, consintam com isso. Com a falta de limites da cidade, a imensidão sufocada de asfalto.

Na Paulista com a Haddock Lobo, sobre um papelão, um mendigo dorme de lado, descalço, uma mão dentro da calça, a outra servindo de travesseiro. Mirela atravessa no vermelho para pedestres, um carro desacelera para não a atropelar. O corpo inteiro contraído, convergindo para aquele nó que bate.

Na frente do Conjunto Nacional, Mirela para.

Para onde continuar? Sem resposta, segue. Entra no Parque Mário Covas que de repente apareceu à sua frente. Senta em um dos bancos que olham para a Ministro Rocha Azevedo. Pega o telefone. Julia? Soluça e não consegue falar. A amiga escuta o choro do outro lado. Eu não entendo, Julia. Porra, se tava tudo bem, a gente ia viajar, o festival de cinema, a casa da vó dele... Tinha uma pessoa na minha frente e agora não tem mais, eu tento entender e não consigo, e no final Mirela já estava sem ar de falar uma frase tão longa, aproveitando a pausa do choro, e volta a chorar. Perto do banco ao lado, duas crianças correm e riem observadas pela mãe. Mirela as observa e não escuta quando Julia diz baixo, como num desabafo, já ter visto esse filme. Queria simplesmente deixar de sentir; ou ao menos diminuir o volume. Quando andava de carro com o pai, olhava para dentro dos ônibus, via as pessoas e as invejava por terem uma vida diferente da dela. Qualquer uma. Ou as luzes acesas nos prédios nos começos de noite, vidas cabíveis em si, as luzes tão dentro daquelas casas, onde haveria mesas postas de jantar, o som de talheres, e as pessoas, mesmo que tristes, estariam plenamente conformadas de que aquela era sua vida. É isso? Não, agora é diferente. Mas Mirela ainda não percebe como. Talvez suspeite que olhar de fora imprima à vida alheia uma película de completude; a ilusão de que, no outro, cada sentimento tenha sempre o tamanho certo.

Mas chorar cansa. Mirela se levanta, volta ao Conjunto Nacional e decide assistir a um filme qualquer, que já começou há vinte minutos, a atendente diz. Tudo bem, eu quero mesmo assim. Assoa o nariz, compra o ingresso, uma água e, na porta da sala, percebe que não consegue entrar.

De repente gostaria muito de estar em casa, na sua cama, encolhida, por que raios saiu de lá?, mas lembra que tampouco conseguia estar lá, então anda rápido para fora dali e precisa ir para longe e sai do Conjunto Nacional, entra no metrô, a Vila Prudente é mais longe que a Madalena, Pedro seu filho da puta, o trem chega lotado e Mirela entra e fica momentaneamente aliviada, como se o abarrotado do metrô, o calor, o incômodo de não haver lugar fosse um eco na realidade do que sente, está apertado e ela não consegue chorar porque precisa se equilibrar, próxima estação, umas duas cabeças à sua frente nota um homem, alto, o tamanho de Pedro, o cabelo preto grudento de suor, consegue ver quase metade de seu rosto, a pele acinzentada e áspera da barba crescendo, alguma beleza escondida por detrás daqueles traços, o maxilar duro, grande, o que é a beleza?, e Mirela aperta os dentes com força e subitamente percebe em si uma raiva já envelhecida, enferrujada, mas sempre na iminência de sair da hibernação na qual nunca chega de fato a entrar, um estofado raivoso por dentro das juntas, das veias, e percebe então que poderia, tão naturalmente quanto ceder assento a uma mulher grávida, abrir caminho por entre aquela gente lotada que empurraria para os lados e por quem passaria até chegar àquele homem, e esparramando os músculos até então contraídos puxaria seu cabelo úmido até o arrancar, com uma, com as duas mãos, e aquele homem se curvaria para trás na direção da força dela, sem entender absolutamente nada, e doeria, e Mirela cravaria os dentes pouco a pouco na pele áspera, na bochecha, e os afundaria, fazendo força no maxilar como se fosse um bife duro, e sentiria o gosto metálico de sangue e o gosto de sangue da dor e então juntaria toda a força do seu corpo e a concentraria agora no joelho que golpearia as costas dele fazendo-o curvar-se ainda mais, e rasgaria sua roupa com as mãos, com os dentes ensanguentados, e o deixaria nu, o jogaria no chão e então pisaria nele até que chega a próxima estação e Mirela solta um pouco o apertar da barra de ferro acima de sua cabeça porque seu braço já dói e Mirela sente absurda falta de Pedro e chora e desce na Estação Tamanduateí.

Antes (as próprias mãos)

Mirela desenhou estantes que se encaixariam perfeitamente na sala de sua futura casa. Assimétricas, finas, as prateleiras conteriam todos os seus livros e ainda sobrariam vazios e espaço para os enfeites. Não pensou em se desfazer deles na mudança: eram detalhes de sua história. O vaso que trouxera do Chile, azul e marrom se revezando em formas geométricas, que apenas por milagre não se quebrou no trajeto (lembrou-se da mochila pesada que o levou por mais de duas semanas — era tão bonito que decidiu comprá-lo no começo da viagem e aguentá-lo nas costas); as caixinhas que se colocavam uma dentro da outra, infinitas, vindas já não se lembra de onde; as bonecas de barro que ela insistira para os pais comprarem (fez um escândalo, coisa incomum na sua infância) na viagem de férias da família para Porto de Galinhas. Ela devia ter uns sete e Marieta uns cinco anos e aquele lugar ainda era ponto de destino de famílias em busca de um sossego idílico, daqueles para se lembrar depois com saudade do corpo queimado de sol, sal e tempo, a mesma cor das fotografias impressas da década de 80. Nunca compraria aquelas bonecas depois de adulta, depois de arquiteta, depois de dona de um certo requinte, mas elas carregavam tanta memória que pareciam condensar nos vestidos pintados e no rosto naïf os tempos de sua fundação. Mirela nem questionou se deveria ou não levá-las para o apartamento em que viveria sozinha e, na hora de empacotar a mudança, simplesmente as embrulhou em jornal e colocou na caixa de papelão.

Ligou para o marceneiro que costumava fazer trabalhos para os clientes do escritório. Claro, dona Mirela, faço sim. Desconto também. Mas tem um problema, o nosso montador está doente, está tudo uma bagunça pra conseguir manter os prazos, a entrega até que é rápida, mas pra instalar não tenho prazo ainda não. Hã? Você? Sozinha? Claro, seu Jailson, por que não? Você acha que eu não sou capaz? Eu tenho furadeira aqui em casa (pensou na caixa preta e pesada na despensa da casa da mãe), consigo, sim, tem os encaixes, né?

Abafou como pôde o arrependimento imediato ao desligar o telefone. Eu vou montar essa porcaria sozinha, eu desenhei, eu vou montar. Voou por sua cabeça um pensamento, o Léo poderia ajudar, mas logo desapareceu. Sozinha, ela disse, orgulhosa e, em algum lugar, dolorida.

A caixa de papelão chegou no dia prometido por Jailson, e Mirela se surpreendeu com o tamanho. Pequeno, levo isso pra cima sozinha na mão. Ó que é pesado, hein?, o porteiro avisou, mas o tom pareceu a Mirela acusatório e ela fez questão de carregar, tentando não envergar a coluna, a caixa para cima. Teve que apoiar o volume ao esperar o elevador, fez um esforço para o erguer de novo nos braços e precisou pedir ao porteiro (não havia como) que apertasse o botão do décimo segundo andar.

Passou o fim de semana inteiro imersa no quebra-cabeça gigante que, ao invés de ficar mais fácil conforme se fazia a imagem, parecia cada vez maior e mais impossível de se completar. Pensou nos quadros que pendurou sozinha, nas lâmpadas trocadas na casa da mãe enquanto se equilibrava no alto da escada, no vazamento da pia aquela vez que a cozinha inundou e ela, Marieta e a mãe acabaram as três encharcadas e rindo da situação. Pensou que os homens gostam de fazer essas coisas, eles se sentem úteis, será?, fortes, mas não há virilidade alguma em consertar o aquecedor, eu também gostava de montar Lego quando era criança, eu também gostava de encaixar as peças, mas eles desmontam brinquedos eletrônicos, passam a vida desmontando, destruindo, e Mirela de repente se sentiu extenuada, a estante tomando forma, mas faltando ainda quase a metade, e se deitou de bruços no sofá.

Antes

Ele estava de mochila e seus olhos eram mesmo azuis. Usava uma camisa branca de listras vermelhas, uma camiseta por baixo — ficava bem —, calça jeans, tênis. No rosto, depois do azul terrivelmente fundo dos olhos, a barba loira e os sinais de cansaço nas esquinas. Mas acendido, o rosto, no mesmo instante em que o dela. Sorriram. Mais tarde naquela noite, ele diria, abraçados com força no sofá da sala, que era muito mais bonita do que nas fotos. Ela também poderia dizer o mesmo sobre Pedro; ficou quieta, os braços e o peito mergulhados nele, os olhos fechados. Na verdade, ele era exatamente igual às fotos do aplicativo, só que com gestos, e os gestos combinavam exatamente com a imagem que fizera dele. Quando se olharam ambos em pé ao lado da mesa no bar vazio da esquina da Augusta com a Fernando de Albuquerque, a TV ligada, o garçom perto, prestando atenção em outra coisa, sentiram ser possível que se misturasse em um só instante a familiaridade e o susto.

Sentaram e pediram uma cerveja. Não conseguiam nem se olhar nem deixar de se olhar. Então falaram, a conversa sendo um começo, mas uma continuação. Os livros, o fato de se ler, mais uma cerveja, o futebol na televisão — o jogo era do Flamengo, que ganhou de 2 a 1 —, as pequenas pausas, mais gostosas que desconfortáveis, as crateras no tempo abertas pelos olhares, eu leio sempre um livro acadêmico e um de literatura, eu gostaria que tivesse mais literatura na minha vida, ela satisfeita com a resposta dele, ele satisfeito com a resposta dela.

O bar não fecharia, mas decidiram ir a um outro ali ao lado. Pedro pagou a conta, pagou todas as contas da noite porque Mirela — que vergonha — esqueceu a carteira, fato inédito em sua existência cautelosa. Havia pessoas conhecidas no outro bar, oi Juninho, oi Halley, este é o Pedro, e Mirela tinha em algum lugar a certeza ainda tímida, embrionária, de que apresentava não pessoas, mas uma época à outra, apresentava a si mesma para aquele novo tempo que parecia se inaugurar. O outro bar, este sim fechou, e foram então a um terceiro, na esquina da Augusta com a Antonio Carlos. Um boteco conhecido, pensava Mirela, mas que apenas agora estava sendo inaugurado como lugar onde transcorre a vida. Mais cerveja, mais cerveja, você já saiu com alguém do aplicativo?, Mirela perguntou, não, mas com certeza era mentira, pensou, e eles sempre sustentados pelo olhar, por se olharem, perto, mais perto, e de repente — de repente — Pedro enlaçou um pouco desajeitado os ombros de Mirela e a beijou.

Um beijo desencaixado, picotado, sem maciez nenhuma, estranho, pequeno para a boca dela, Mirela sentiu, mas gostou tanto daquele beijo ruim que era como se ele fosse bom. Seus corpos mais próximos, a alegria leve do álcool, mais cerveja, mais beijos, sempre desajustados, mas não tinha importância, Mirela o poderia amar profundamente mesmo assim, o terceiro bar estava fechando, era quarta-feira, não sei se deveria te fazer este convite, mas vamos para minha casa que lá tem cerveja boa e podemos fazer alguma coisa para você comer, Pedro.

Embriagados e felizes e abraçados seguiram o caminho de volta daquele percorrido por Mirela algumas horas antes. Na casa dela a luz era outra, mais amarelada, eles continuavam bêbados, e falavam mais baixo e íntimo. Pedro sentou-se na mesa da cozinha enquanto Mirela fazia qualquer coisa de comer. Eu faço todas essas coisas, tenho uma enorme necessidade de ser boa em tudo, por mera insegurança. Eu também sou inseguro, muito, por isso sou fechado. Meu último namorado foi o Fernando, mas a gente era muito diferente e não deu mais certo, nenhum motivo grave, decidimos que já tinha acabado. Eu fui casado, mas meio sem escolher. Como? A gente estava junto fazia dois anos e eu fui fazer uma parte do doutorado no Canadá, ela foi morar comigo lá, foi um casamento, né? Faz tempo que terminou? Uns quatro meses. Só isso? Mas as brigas vinham de antes. É sempre assim. Sei lá. No começo eu achava que eu era muito pra ela. No final, depois de tudo que ela me disse, depois que ela terminou comigo, fiquei achando que ela era muito pra mim.

Mirela estava feliz por ele se sentir à vontade e contar coisas difíceis. Chegou a passar por sua cabeça que ele falasse aquilo para qualquer uma, que encenasse um personagem inseguro que inspirasse cuidados, cuidados femininos, mas estancou o pensamento com um outro qualquer.

E o que ela te disse, você não vai me dizer, vai?

Não.

Deitaram no sofá, o beijo de Pedro agora mais fluido entre abraços e pernas ele a apertava com força como se não quisesse deixá-la escapar, ela se sentia aconchegada dentro daquela urgência, parecia que o tempo era feito de anos e não de instantes, cada segundo pesado de álcool e significado, já são quase quatro da manhã e eu trabalho cedo, vamos dormir, as mãos dadas ao se levantar, as alturas medidas no novo abraço.

Mirela tinha certeza de que apenas dormiriam, não haveria o toque inteiro da pele, não haveria sexo, já era tarde, estavam muito bêbados e tinham a vida toda pela frente. Escovaram os dentes — Pedro tinha uma escova de dentes na mochila —, ela vestiu a camiseta velha que usava como pijama, ele se deitou de cueca.

Boa noite, boa noite, os olhos fechados continuados pelos corpos juntos.

Mirela colocou a coxa esquerda em cima das coxas de Pedro que estava deitado de barriga para cima, aconchegou o pescoço em seu ombro, Pedro acariciou suas costas com um braço e com o outro seus cabelos e seus corpos já eram velhos conhecidos. As mãos de Pedro percorriam a nuca, as costas de Mirela, que o afagava também, sempre com mais vigor. Ela nem percebeu que o beijo deles agora era simétrico, molhado, contundente, e o ritmo de cada respiração se acrescia de força, e Mirela tirou a camiseta e a cueca de Pedro e se deixou caber nas mãos, na língua, na premência daquele homem, por quanto tempo nenhum dos dois saberia dizer.

Acordaram abraçados, talvez ainda um pouco bêbados, repetindo carícias, no mesmo lugar onde a noite anterior os havia deixado. Fizeram sexo de novo, apesar de Mirela já estar atrasada para o trabalho. Mesmo assim, mesmo depois, ainda demoraram para se levantar. Seus corpos se acomodavam tão bem.

Sua hospitalidade é quase mineira, Pedro disse no meio do café preto e pão com requeijão. Ela sorriu. Nossa, estou muito atrasada. Quase três horas, Pedro, tudo culpa sua, vão me matar no escritório, deixa eu dar uma ligada pra avisar que estou viva e já chego. Posso te dar uma carona pra perto da sua casa que é caminho, quer?

Eles ainda foram até o computador de Mirela para ver um vídeo do qual haviam falado. Pedro observou os livros, parando diante de alguns. Tirou da estante um que ela tinha ganho de aniversário alguns anos antes. Já leu? Não. Quer emprestado?

Quero. Assim tenho uma desculpa para te ver de novo.

Hoje

Ontem Pedro estava aqui, participava do dia de Mirela, contava de sua manhã, sua noite de sono. Escrevia mensagens espontâneas, parecia pensar nela boa parte do dia, solicitava sua presença. Hoje, nada. Ela escreve mensagens pelo WhatsApp e ele as vê e continua em silêncio. Mais uma, vai que estava ocupado. Nada. Pe, quero falar contigo. Nada. Por favor, Pedro. Responde. Nada. Pedro? Nada. Nada. Nada. Nada. Pedro, seu covarde, seu merda, seu babaca. Nada.

Limpar conversa — apagar mensagens: em alguns segundos, os meses de comunicação virtual são todos eletronicamente destruídos. As primeiras frases trocadas, as brincadeiras, o dia em que combinaram de se ver pela primeira vez, a mensagem que ele escreveu depois disso, que ela esperou e gostou tanto de receber: em instantes, nada disso existe mais, pelo menos não no celular dela. Talvez no dele? Não importa. Apaga também o número de telefone de Pedro: nunca mais vai falar com ele. Tenta dormir.

Às 2h57, entra no registro de ligações do telefone e identifica, pelo horário, as chamadas que havia feito a Pedro no dia anterior. Anota de novo o número. Pedro, preciso falar com você, é importante. Nada.

Todos os dias, quase todas as horas, Mirela entra na página de Pedro no Facebook atrás de atualizações, de notícias da existência dele. Será que está bem? Será que está vivo? Ele não sumiria assim se algo muito grave não tivesse acontecido. Na tarde de quinta, três dias após o início da verificação quase constante, ele compartilha um artigo sobre os meios de comunicação de massa e o Movimento dos Trabalhadores Sem Terra. Mirela curte. Sai da internet, se concentra no trabalho. Ou tenta. Seu corpo está rígido, por detrás dos olhos e da garganta há uma memória salgada de choro. Atende um telefonema, tenta sustentar a voz, não a deixar murchar. Um cliente perguntando se pode mudar a reunião para outro dia. Claro, ela diz, graças a Deus, ela pensa. Entra de novo na página de Pedro no Facebook. Online!, ele está online. Escreve? Melhor não. Já não está mais online. Ainda bem que não escreveu. Da próxima vez, alguns minutos depois, lá está a bolinha verde: diante de alguma tela está Pedro, assim como ela, logo ali. Antes que se pergunte se deve ou não, escreve por mensagem: Pe, tentando muito falar com você.

Ele visualiza e não responde.

O Instagram. Pedro não costuma postar muitas fotos e, as que há, Mirela já conhece de cor, ângulos, expressões, ambientes, detalhes. Durante a semana, nenhuma novidade. Sábado, uma foto da Serra de São José. Ele foi! Mirela não pode acreditar que Pedro foi sozinho à viagem que eles fariam juntos. Quer gritar, quer urrar, quer bater.

Quase em silêncio, emitindo poucos grunhidos, abafa a raiva com a almofada do sofá.

Deixa de segui-lo no Instagram, mesmo sabendo que de nada vai adiantar: o perfil dele é aberto e ela pode ver as fotos quando quiser. A menos que ele a bloqueie.

Mirela desfaz a amizade com ele pelo Facebook, como se isso fosse atingi-lo de alguma forma, ou para que ela mesma não tenha acesso a todas as atualizações que ele posta. Por ambos os motivos, talvez. Depois se arrepende. No dia seguinte, solicita de novo sua amizade. Três dias para ela se conformar que ele não aceitou.

E alguns outros para que, ao buscar Pedro Franchesconi na rede social, apareça nome não encontrado, refaça sua busca. No Instagram: nome inexistente.

Bloqueada. Manda de novo uma mensagem pelo WhatsApp, mas em vez de dois tiques ao lado da hora de envio, aparece só um.

Mirela cria uma página falsa no Facebook e outra no Instagram utilizando um e-mail que cria apenas para isso. Pensa em usar um retrato de mulher do Egon Schiele como foto de perfil, mas imagina que, caso os aplicativos e seus algoritmos a sugiram como amiga a Pedro, ele possa desconfiar que seja ela. Recorta, então, uma imagem de tigre de um clipe da Valesca Popozuda e a seleciona como foto de rosto. Joanna Romma, escolhe como nome; coloca umas fotos de flores na linha do tempo, escreve bióloga no campo profissão, e pronto. Entra quase diariamente nas páginas de Pedro; usa mais os perfis falsos que o verdadeiro.

Pelo Google, Mirela descobre o dia da defesa de tese de Pedro na universidade. Ele estará lá, logicamente: é a única possibilidade que tem de encontrá-lo. A única chance que tem de estar onde ele certamente estará também. Três meses e meio após terem se visto pela última vez.

Será que vai?

Não. Sabe que ele a odiaria para sempre.

Deseja boa sorte através de uma mensagem que não chega.

Utilizando os perfis falsos, Mirela descobre que, depois de defendida a tese, Pedro se mudou para Belo Horizonte. Fica sabendo, passados outros dois meses, que a avó de Pedro morreu. Ele deve estar sentindo muito, pensa, entristecida. Um e-mail, como não teve essa ideia antes? Escreve um e-mail, sem esperança de que ele responda, com esperança de que ele responda.

No dia seguinte, em sua caixa de entrada, um susto. "Obrigado, Mirela. Foi de repente, mas ela já tinha 87. Estou triste mas estou bem." Mirela repete as condolências, escreve que estava mal com a distância dele, mas já está melhor e pede que ele a desbloqueie das redes sociais. "Ora, mas eu nunca te bloqueei." No dia seguinte, já não precisa do perfil falso para ver as atualizações de Pedro ou mandar mensagens. Que ele quase nunca responde, ou responde erraticamente.

Mirela passa a semana se perguntando o motivo de Pedro ter desbloqueado seu acesso às páginas dele depois de dizer que nunca a havia bloqueado. Uma parte sua está certa de que ele está arrependido e quer retomar o contato e que muito em breve estarão juntos de novo. Outra parte, bem pequena, pensa que ele tinha medo de que ela falasse mal a seu respeito para os poucos amigos em comum, e agora, morando em outra cidade, estando longe, não faz diferença deixá-la ter acesso à sua vida virtual.

Esmaga a parte menor e fica com a certeza da primeira opção.

Antes

Cozinhariam. Mirela tentava fazer uma lista mental de compras no caminho até o mercado, mas quando chegava no terceiro ou quarto item, Pedro dizia alguma coisa ou mudava o jeito de segurar sua mão e ela se desconcentrava, esquecia e precisava começar de novo, tomate, cebola, manjericão, manteiga. Desciam a Angélica quando ele começou a falar de música, tentava se lembrar do começo de uma música e não conseguia, sei, sei que música é, *it's not time to make a change, just relax, take it easy,* ela cantou, deixando de novo a lista incompleta para lá, e cantaram a música inteira de cor. Mirela escandia as palavras como para mostrar a Pedro que também sabia a letra, como se esse saber comum os unisse mais ou fosse algum tipo de sinal, como se antes de se conhecerem, sem saber, já cuidassem de um mundo que apenas esperava que chegassem.

Na última esquina antes do mercado, Pedro segurou mais firme sua mão para que ela não atravessasse no vermelho para pedestres. Uma moto passava. Depois, sem esperar o verde, seguiram, ele agora com o braço em volta do ombro dela, um tronco colado no outro, os passos ritmados dos dois.

(Mirela não tinha como saber que, depois, sempre que descesse aquela rua, sempre que pisasse aquela mesma calçada, buscaria aquele momento, procuraria no chão, no ar, vestígios de Pedro, vestígios de estarem juntos, ou, em si mesma, de quem ela era com ele.)

Mirela achou engraçado como Pedro fazia compras, sem critério nenhum, passando pelo mesmo corredor do mercado quantas vezes fosse. Ou gostava tanto dele e se sentia tão íntima que qualquer gesto até então desconhecido era quase uma surpresa, um indício de que dele, afinal, talvez não soubesse tanto assim. Voltaram quatro vezes ao setor de frutas, legumes e verduras, e foram outras duas ao de temperos, sem contar uma em que ela foi sozinha enquanto ele esperava na fila do caixa, pois haviam esquecido a noz-moscada.

Durante todo o percurso de volta, Pedro contou da maior bebedeira de sua vida, na despedida do Canadá, em que havia andado de bicicleta dentro de casa. Essa foi sua maior, Pedro?, não te conto das minhas então. Pelo menos você ficou protegido entre quatro paredes, nem eu sei o que esse mundo já viu de mim. Pedro seguiu olhando para a frente sem dizer nada, e Mirela se arrependeu de talvez ter dito demais.

Na casa dela, cada um abriu uma cerveja enquanto iam guardando as compras. Pedro guardava só uma ou outra coisa e olhava.

— Nunca fiz essa lasanha, vamos ver se acerto. Você cozinha, Pedro?

Pedro fumava perto da janela.

— Cozinhar de verdade não cozinho, não. Macarrão, arroz e bife. O da sobrevivência.

— Você deve ter o tempero mineiro no sangue.

Mirela dobrou o tronco para alcançar uma tábua no armário debaixo da pia.

— Quer ajuda?

— Quero. Vai cortando aqui a cebola. Não, melhor, corta o tomate.

Pedro amassou o cigarro no cinzeiro apoiado no parapeito da janela. A cidade iluminada lá embaixo tinha algo de frenético.

— Essa vista é bonita. Corto de que tamanho?

— Não precisa ser tão pequeno. Adoro essa vista também. Não vai se cortar. Foi por ela que quis me mudar para cá.

— Assim tá bom?

— Deixa eu ver. Tá perfeito.

Pedro tentou dar um beijo quando Mirela se aproximou para ver o tamanho dos tomates, o beijo pegou de raspão. Se olharam e riram.

— Mais cerveja?

— Eu tomo. Você vai tomar?

— Ainda não acabei essa aqui — ela disse enquanto virava a cerveja de uma vez. — Mas já traz outra.

A cidade zunia a noite de quinta lá embaixo como se fosse sexta.

— Coloca uma música?

Mirela se posicionou de novo diante da pia. Pedro havia picado um tomate e um pedaço de outro no mesmo tempo em que ela havia picado três tomates e três cebolas. Terminou de cortar o que ele não tinha acabado. Colocou manteiga numa caçarola, acendeu o fogo.

— Qual?

— Pode escolher.

Ele colocou *Sympathy for the Devil*, que Mirela já havia escutado em excesso na adolescência. Se chegou a pensar que a escolha de Pedro era sem graça, foi durante o tempo em que a manteiga derretia no fundo da panela. O cheiro da cebola dourando se espalhou pela cozinha. Ela se sentia tão bem com ele. Colocou os tomates no fogo quando o refogado já fazia barulho.

— Deve estar delicioso. Eu nem me dou ao trabalho, compro molho pronto. Me lembra Minas, esse cheiro.

Mirela apoiou as costas na bancada, de frente para Pedro, que havia se sentado num banquinho. Com as pernas esticadas, cruzou os pés. Sentiu falta de ter um cigarro na mão, mas ainda não estava bêbada o suficiente. Pedro estava bonito hoje.

Deu mais um gole. Ele era quase sempre bonito. Às vezes parecia muito cansado, muito distante, ou os dois. Nessas horas, ela o olhava procurando a beleza que emanava dele e não encontrava, e a atração que continuava sentindo era mais uma memória, quase um hábito.

— Cheiro traz lembrança mesmo. Muda nosso estado.

— Esse aí me lembra mais precisamente da cozinha da minha vó.

— Ela ainda cozinha?

— Não tanto quanto antes. Quando a gente vai pra lá. Agora ninguém mais mora na cidade. E mesmo quando morava. Nunca teve muito essa coisa família.

— Engraçado. Imaginava outra coisa, pelo que você conta.

— O quê?

— Ah. As histórias que você contou. Da sua mãe indo brigar na escola quando você defendeu seu irmão e levou bronca, da sua tia que sempre dorme na mesa de tanto beber, dos filhos do seu tio. Dá impressão de que é um monte de gente. De que é movimentado.

— Só impressão.

— E seu irmão?

— O que tem?

— Vocês se dão bem?

— Mais ou menos. Ele tem seus problemas. Não te falei? De gaguejar, de ter tiques. Aí arrumou aquela namorada estranha e se fecharam do mundo.

— Ele sempre teve isso?

— Não. Mas faz uns anos já que tem. Já fez tratamento, tudo.

— Quero conhecer.

— Quem, ele?

— Ele, sua vó, sua mãe. Todo mundo.

— Vamos ver. Eles não são tão interessantes assim. E esse pão aqui?

— Tinha esquecido do pão. Deixa que eu corto. Abre mais uma cerveja pra mim? Eles sabem que a gente tá junto? — a pergunta escapou e Mirela se arrependeu imediatamente de tê-la feito. Sentiu as bochechas esquentarem, agradeceu por estar de costas. Torceu para que Pedro não tivesse escutado, o que era impossível.

— Ainda não sabem não. Já, já eu conto. Faz pouco tempo que contei que eu terminei com a Flávia. Não queria juntar uma informação na outra assim de cara.

Mirela posicionou o pão na tábua e pegou a faca usada por Pedro. A sua já estava molhada dentro da pia, em cima da tábua de madeira. A resposta de Pedro a tranquilizou um pouco. Então ele já estava pensando em contar dela para a família, sua pergunta não era tão absurda. Mas também a incomodou, sem que ela conseguisse entender completamente o porquê. Vasculhou o incômodo, seguiu seu rastro enquanto segurava o pão com os dedos abertos da mão esquerda e, com a direita, serrava. Ele terminou com a Flávia? Mas não tinha sido ela que tinha terminado? Não foi isso que ele dissera na noite em que se conheceram, dois meses antes?

Não, ele não mentiria assim. Talvez seja só modo de dizer. Um "terminei" genérico, o relacionamento que terminou. Ou talvez ela tenha escutado errado, se confundido, e ele tenha dito desde o começo que ele mesmo terminou. Deve ser.

Um filete de sangue começou a despontar do indicador esquerdo. Sem perceber, cortando o pão, Mirela fez um corte no dedo: só quando o viu começou a doer.

— O que houve?

Mirela não se queixou, mas Pedro percebeu que ela estava havia algum tempo com o dedo debaixo da torneira.

— Cortou. Cortei o dedo. Já tá parando.

— Nossa, foi feio. Será que não precisa de ponto?

— Que nada. Será? Não. Acho que não.

— E agora?

— Agora tira esse molho do fogo. Vou fazer um curativo e pronto.

— Quer ajuda?

— Não precisa. Já foi.

Hoje

Mirela olha ao redor, perdida na própria casa. Sente-se roubada e violentada por memórias em cada pedaço de chão. Desaba no sofá. Olha para cima, para os lados. Parada no canto da sala, a grande bola de plástico azul que ganhou no aniversário do filho de Lara, sua amiga. Pedro fazia embaixadinhas com ela, bêbado, desafiando os objetos ao redor. Mirela só permitia porque era ele quem as fazia e porque nessas horas também estava embriagada, com a fé na pontaria que o álcool concede às pessoas. O que fazer com este objeto fora de lugar que só a presença de Pedro justificava existir em sua casa?

Minha saudade está deste tamanho: a foto da bola.

Pedro não responde.

Mirela fura a bola com um garfo e joga o plástico azul murcho no lixo.

De uma rua escura, vê Pedro ao longe entrando em um ônibus. A porta se fecha, ele se senta em um dos bancos de trás, o cabelo loiro visível através do vidro. O ônibus parte do ponto. Fica parada observando o seu afastar, lento e constante. Por que você não vai atrás?, Julia lhe pergunta, inconformada com a passividade da amiga.

Eu não sei para onde vai esse ônibus.

Mirela acorda assustada.

As músicas. Tenta, mas não consegue se arrepender de ter dado a Pedro no Natal, dois meses depois que se conheceram, o iPod com suas 123 músicas preferidas. A playlist da sua vida, com as folhas de papel-sulfite que serviram de embrulho inteiras anotadas, letrinha pequena, explicações na frente e no verso, a história de cada uma das músicas ou o motivo de estarem ali. Achava que a lista seguiria crescendo e que ele também poderia colocar suas preferidas, ela queria colocar outras depois, não tinha lembrado de algumas e agora não sabe se isso é bom ou ruim, mas não queria que fossem só suas, ele com certeza gostaria também.

Deu a ele seu tesouro e assim o perdeu. As músicas agora a deixam triste.

Encontram-se em um bar, uma tarde ensolarada. Mirela está muito apertada para ir ao banheiro, mas não quer perder um segundo ao lado de Pedro. Precisam conversar, ela não conseguirá enquanto não fizer xixi. Diz a Julia que fique ao lado dele e não o deixe ir embora.

Quando sai do banheiro, Pedro sumiu.

Acorda assustada.

Já faz quase dois meses. Mirela decide ceder à antiga insistência de Henrique e sair para uma cerveja. Recusa a carona, prefere encontrá-lo no bar.

Quando chega, ele já está lá. A conversa é agradável, têm um vasto campo arquitetônico em comum. Exposições, o projeto que o escritório vai mandar para o concurso italiano, a casa que ele está desenhando para o cliente no Uruguai. Ele até que é bonito, Mirela repara, prestando atenção ora no que ele diz, ora nos gestos e feições. Lembra do livro que está quase terminando de ler, de uma espanhola que perde a mãe e afoga a dor com homens. A protagonista percebe que não ama mais um deles quando já não o vê como um todo: ele virara um conjunto de qualidades e defeitos, como era?, alguém sujeito às intempéries que o amor dela não protege nem inventa. Depois lembra do livro que leu na semana anterior só para estar mais perto de Pedro. Henrique fala do bar antigo que seu traço transformou num lugar moderno, um balcão vermelho embaixo, os janelões mantidos para a cidade na parte de cima. Mirela decide pedir uma dose de rum em vez de mais uma cerveja. Henrique a acompanha. Dá um gole e deixa na boca o líquido que arde e entorpece a língua. Fecha os olhos por um instante. Havia dado a Pedro uma garrafinha pequena de Havana Club. Sente o gosto que ele sentiu, que ele deve sentir ainda esses dias, ou será que já terá acabado? Henrique falando na sua frente, acariciando seu braço.

O interesse de Henrique provoca em Mirela uma irritação sutil. Uma pergunta enviesada e inevitável que ela se faz sem palavras: se sou alguém a quem se pode amar, por que Pedro não está aqui? O mesmo raciocínio vinha quando percebia ter feito qualquer coisa admirável, um projeto além do padrão no trabalho, uma palavra dita a alguém no momento preciso, bem-humorada (o bom humor vinha voltando, vagarosamente e em ilhas momentâneas, mas vinha). Os elogios do chefe, o olhar surpreso da pessoa agraciada com um comentário de mudar o dia — de que serve isso se Pedro continua ausente, se cada pequeno sucesso cava um pouco mais fundo o buraco entre ela e o mundo, a sensação de abandono — o abandono?

Vamos embora, Henrique? Estou cansada.

O filho de Lara um dia espera o primo da mesma idade chegar em sua casa. Mas ele ainda demora, calma, filho, sua mãe diz. Ele não aguenta, abre a porta e aperta o botão do elevador. Fica feliz esperando o primo quando vê a seta vermelha acesa, dá pulos de alegria, ele está chegando, está chegando!, mas se decepciona toda vez que abre a porta e vê o elevador vazio.

Mirela não consegue achar graça no que Lara conta. Ou talvez a certeza íntima do fracasso torne necessário que se fabrique sinais, que se enxergue indícios do sucesso em todo e qualquer lugar. 22h22. Faça um pedido. A música que tocou no rádio. Como se a esperança fosse um prenúncio. Como se o alimento do autoengano fosse justamente o que o nega a cada instante.

É uma rua deserta, perto de uma quadra de tênis e alguns terrenos baldios. Mirela vê um Del Rey preto e sabe que é o carro de Pedro. Ele está ali, que alívio, que felicidade imensa; vai esperar até que ele apareça, claro, encosta no muro e de lá não arreda pé. Alguém a chama, ela atende, estão vendendo creme para o corpo falsificado. Avalia os potes e se diz contra esse tipo de coisa. Quando volta ao lugar de antes, o carro de Pedro já não está.

Acorda assustada.

Hoje

Faz seis meses desde a última vez que viu Pedro, o dobro do tempo que ficaram juntos. Seis meses que escutou sua voz. Como era a voz de Pedro?

Não tem mais as mensagens de áudio para escutá-la. Eram poucas, Pedro costumava escrever em vez de mandar mensagens de voz, só três ou quatro. Mas uma só bastaria para evocá-la. Arrepende-se com frequência de ter apagado todas as conversas, e percebe-se apaziguando um sentimento que a alfineta, uma certa culpa, como se apagar as mensagens fosse perder Pedro de novo, ou um pouco mais.

Melhor assim, ela se diz. Esquecer, esquecer. Ele foi embora.

Mas ao mesmo tempo se pega vasculhando a memória atrás daquela voz, uma voz doce, não tão grossa, como se fosse a de um menino que não tivesse crescido completamente, que tivesse se esquecido de terminar de crescer. E com o sotaque mineiro, que agora a entristece instantaneamente sempre que se atualiza na voz de outra pessoa. Todos os mineiros e suas vozes, depois de Pedro, são uma apropriação indevida, um roubo.

Uma manhã, ao acordar, Mirela se surpreende com os vários alertas do Instagram na tela de início de seu celular: "pedro_ft curtiu sua foto", um abaixo do outro, incontáveis, empilhados, sorridentes, há quatro horas, ou seja, lá pelas três da manhã. Mirela abre o aplicativo, olha foto por foto as vinte e quatro imagens curtidas por Pedro, tenta imaginá-lo olhando para cada uma, tenta imaginá-lo com saudade, de madrugada,

45

ávido por ela, querendo saber como está, orgulha-se das próprias fotos, e, feliz, se arruma para o trabalho, pensando se escreve ou não alguma mensagem, chama para um café, combina alguma coisa.

Claro que sim.

"Oi, Pedro. Como estás? Vamos nos ver?"

Assim, direta, claro, sem problema algum, ele está com saudade, ele também quer encontrá-la.

Pedro visualiza a mensagem.

Antes

— Ele vem?

— Disse que sim.

— Ótimo. Finalmente vou conhecer o bonitão.

— Pega leve, hein, mãe — interferiu Marieta. — Não vá perguntar sobre toda a geração de ancestrais e mais o imposto de renda.

— Até parece que eu faço esse tipo de coisa. Quando eu fiz isso com algum namorado seu?

— Não é namorado, mãe. Calma. A gente só tá saindo.

— Mas vem no nosso jantarzinho de Natal, então a coisa é mais séria, né?

De novo, Marieta intervém:

— Tá vendo, mãe? Controla a ânsia. Deixa o cara vir sossegado. E nem é jantar de Natal. Comemoraçãozinha de fim de ano só pra deixar a gente sem culpa de não fazer encontro de família dia 25.

Mirela continuou comendo. Poderia concordar com a irmã, Pedro vai passar o Natal com a família em Minas e o jantar na casa de Leda não teria nenhum significado especial, mas poderia concordar também com a mãe: poucas pessoas, um jantar íntimo, alguém que estava perto e fazia parte. Permaneceu em silêncio.

Pedro chegou vestindo jeans e camisa xadrez de manga curta, o cabelo um pouco úmido de suor e garoa. Que lindo, a mãe cochichou a Mirela na primeira oportunidade, enquanto Marieta levava o vinho branco que ele trouxera para gelar. Para, mãe. Ela concordava.

Observava Pedro e Marieta conversando no sofá enquanto fingia interagir com o tio Saul. Os primos chegariam logo, e seriam só eles, alguns já estavam viajando. Leda ajeitava uma coisa ou outra, tudo quase pronto.

Sentaram-se à mesa de seis lugares juntando um banquinho da cozinha. Os dois primos já tinham chegado, algumas garrafas já vazias. Mirela, quando se esquecia que tentava se conter, buscava a mão de Pedro, que conversava com Saul e Marieta sobre a coleção de carros antigos da qual o tio estava se desfazendo.

Mirela ajudava a mãe um pouco, trazendo coisas para a mesa. Não conseguia participar de nenhum assunto, embora prestasse atenção em todos. Pedro parecia à vontade. Serviu a si mesma e a ele de mais vinho. Uma alegria tensa a unia e separava de tudo o que acontecia ao redor da mesa. Seus primos, de vinte e poucos anos, conversavam um com Leda sobre o trabalho novo e outro com o próprio celular. Mirela perguntou se este viajaria no fim do ano. Ele tirou os olhos da tela e respondeu que sim, iria para a praia com os amigos.

— E você?

— Vou para a Colômbia, com amigos também.

— Com ele? — o primo apontou Pedro com o nariz.

— Não, Pedro vai pra Minas. Essa viagem já estava planejada desde antes de a gente se conhecer.

Sem esboçar reação, o primo voltou o rosto para a tela do celular.

Agora o assunto à esquerda era o cigarro — tio Saul não fumava havia dois anos, mas falava disso com a insistência de um novo vício, e Pedro dava uns tragos de vez em quando, mas atrapalhava muito pra jogar basquete; à direita, falavam da comida, enquanto Leda fumava o segundo desde que se sentara à mesa.

Depois do café, que só Marieta e um primo tomaram, espalharam-se todos pela sala, Pedro se aproximou da janela e Mirela, depois de tirar a mesa, se sentou no sofá. Cruzou as pernas, levantou um dos braços, mexendo com a mão no cabelo do lado oposto, suspirou e tomou mais um gole de vinho.

Pouco tempo depois, Pedro se sentou ao seu lado.

Muito bêbados para dirigir, dormiram na casa de Leda, apertados na cama de solteiro do quarto quase vazio que havia sido dela.

Hoje

Faz três semanas. Não, é terça-feira: faz dezenove dias da última vez que viu Pedro. Dezenove dias amargurados em que Mirela chora a caminho do trabalho e precisa se conter para, chegando lá, não continuar chorando; em que não tem vontade de sair de casa aos finais de semana e se sai é por insistência dos amigos ou por desrespeito a si mesma. A sua vida entregue de volta, mas o que fazer com ela? É essa a sua vida?

No segundo sábado (no primeiro, ela ainda não sabia haver uma contagem de ausência se iniciando), decide, depois de um suspiro longo ao desligar o telefone com Julia, ir a um show em comemoração ao aniversário da cidade de São Paulo. Se esconde atrás de uma tonelada de maquiagem e se arrasta até a praça da República. Como você está linda, dizem seus amigos. Não parecem dizer só para a agradar, apesar de saberem que Mirela está infeliz como jamais a haviam visto. Cada olhar de desejo que se demora sobre seu rosto parece uma agressão ao que nela já está em frangalhos. Procura Pedro o tempo todo na multidão, uma presença sempre prestes a se cumprir, mas anacrônica, como o ardor que persiste após arrancado o esparadrapo.

Mirela dança ao som da música, ao som da voz que já embalou seus passos com Pedro, e seu único alívio não é a alegria forjada de sorrir, mas um outro fabricado, pequeno, de escutar nas letras cantadas ao vivo que sua dor é comum. Enquanto escuta a pessoa no palco entoar que era feliz, mas "depois de você fiquei marcado", Mirela se sente pertencida ao tempo. O tempo e sua amostra nada gratuita de ritmo, junto da melodia, a acalentam e dizem por detrás de cada verso que ele, o cantor, já sofreu mas não sofre mais, até consegue cantar alegre e sorrindo para uma multidão, pessoas que já choraram a perda de um amor, que já foram visitadas pela dor rasgada de uma ausência abrupta, que já se sentiram mutiladas por alguém que foi embora.

Quando o show termina, Mirela encontra Manoel por acaso. Esteve com ele algumas vezes antes de conhecer Pedro. Gostava dele, até, do sexo, da companhia. Vão embora juntos. A noite é agradável, mas depois que ele sai da casa dela, permanece a sensação de invasão. E de que desobedecer à recusa que seu corpo pede é apenas uma forma inútil de vingança. Um gesto de raiva que, mal direcionado, se transforma num ínfimo e íntimo suicídio.

Dezenove dias de incompreensão. Percorre o caminho reverso na busca de entender a ausência, o dia anterior, os dias todos e nada, se vê perdida na trilha de pensamento já formada, labiríntica, que oferece como única saída um choro convulso. Não há uma hora sequer em que não pense em Pedro. Sua ausência o amplifica, dilatação inflamada que bate, bate, bate.

Mas como assim, Mirela?, Léo pergunta. Não sei. Não sei, não sei. Aconteceu alguma coisa? Nada! Quer dizer, não que eu lembre, ou que seja significativo o suficiente. Uma discussãozinha ou outra ao longo do tempo, nada demais. Nada nos últimos dias em que nos vimos. Já passei e repassei cada encontro e cada conversa. Não entendo. Mas nada mesmo? Eu lembro de... sei lá. Outro dia escutei a expressão trator volitivo e lembrei de você. De mim, Léo? Por quê? Ah, esquece, Mirela. Viagem minha.

Dezenove dias. Mas como assim, Mirela? Ele não disse nada? Nada, Léo. Silêncio total. Há dezenove dias. Parece que o tempo é outro, Pedro se transformou nos ponteiros do meu relógio, ou no silêncio sobre o qual todas as outras coisas se movem e interrompem. E sabe o que é o pior? Que eu sei, eu tenho certeza absoluta de que se a gente se visse, se a gente se encontrasse, se a gente simplesmente se olhasse nos olhos, estaria tudo bem. Então, Mirela, por que você não vai até a casa dele?

Faz dezenove dias da última vez que Mirela e Pedro se viram. No horário de almoço do trabalho ela decide ir até a casa dele sem avisar. É terça-feira, ele costuma estar em casa, só sai mais tarde para a universidade. Se olha no espelho, o olhar úmido, ajeita o cabelo, passa maquiagem, só um pouco, toma água, a boca está seca, pega a bolsa e sai sem avisar ninguém.

Pega o carro no estacionamento, alguma música é possível?, não, nenhuma, não escuta nem o manobrista falar com ela, não ouve simplesmente, percorre o caminho oposto àquele que fez na manhã de sexta em que o viu pela última vez, cada rua, cada semáforo, ponto morto. Todos os gestos estariam apontados para uma direção se bem discretamente não tremesse. Decide ligar o rádio, sim, algum sinal, algum desvio, toca uma música qualquer que não tem nada a ver com Pedro nem com ela e nem com acaso nenhum, o farol abre, túnel, Pacaembu, vontade de correr, alguém buzina e ela não entende e o corpo endurecido é uma armadura de medo permeável só a alguns sons e alguns sonhos, espera abrir o farol da Goiás com a Angélica, vira à esquerda e a música acaba. Se olha no espelho retrovisor, agora toca Rolling Stones, esta sim, ajeita o cabelo de novo, se olha em todos os ângulos possíveis no pequeno quadrado que reflete seu olhar triste, esta diz respeito a eles, escutavam o CD todinho (Mirela ainda tem um CD player na sala de casa), será um sinal?, vira na Sergipe, desce a Itambé, a boca seca mais, quase atropela um aluno do Mackenzie que

52

atravessa fora da faixa, foi aqui, nesta esquina, Itambé com avenida Higienópolis, que se viram pela última vez, vira na Major Sertório, encontra uma vaga de zona azul na esquina com a Dr. Vila Nova, estaciona, compra duas folhas na banca de jornal, já esteve aqui tantas vezes, olha de relance o outdoor com a foto do menino loiro em frente à praça da Biblioteca Monteiro Lobato, não chega a ver as outras fotos da exposição, com Pedro também era assim, sempre paravam na primeira foto, começavam a falar dela, do menino loiro que parecia com Pedro quando criança e nunca chegavam a reparar nas outras. Vira na Dr. Vila Nova, olha para cima, para a varandinha do oitavo andar, a rede estendida, vazia, a janela do quarto de Pedro está aberta, para por alguns instantes na frente do portão do prédio, trancado, seu Miranda a essa hora não costuma estar, mas mesmo se estivesse, ela interfonaria? O que faria Pedro? Melhor não, decide sentar na mureta do Sesc Consolação e esperar alguma coisa, esperar Pedro sair de casa, quem sabe hoje almoça no restaurante da esquina, esperar.

As mãos geladas e úmidas, a boca ainda mais seca — nunca há um limite —, compra uma garrafa d'água no restaurante colado ao Sesc apinhado de estudantes, Pedro não almoçaria nesse, a janela continua aberta, a rede imóvel e vazia na varanda, dez minutos, os estudantes passando como se tudo estivesse bem, seu coração crava no vazio a cada pulso, muda de posição, gente passando, gole de água, quinze, vinte minutos, um cliente liga mas ela não tem condições de atender, irrita-se com a inconveniência da ligação como se fosse madrugada de sábado para domingo, trinta, nada de Pedro, uma mulher entra no prédio abrindo o portão com sua chave, olha as pessoas indo e vindo, quem sabe a Sandra, com quem ele mora, ninguém, ninguém, a janela, a rede, e se interfonasse?, não, melhor não, Pedro está lá em cima, está tão perto, quarenta minutos, um homem de uns quarenta e poucos anos se aproxima do portão

53

com sua chave, Mirela atravessa a rua num impulso, sorri para ele e entra junto, ele sorri de volta e não desconfia de nada, ela sabe que se aproveitou do seu olhar e do seu sorriso mas isso pouco importa agora que estão ambos no elevador, as mãos suando, o ar fugindo, ele desce no segundo, ela nem se lembra de sorrir de novo, três, quatro, cinco, seis, a boca pastosa de seca, sete, chega ao oitavo e então se lembra de um dia em que brincava no parque com Marieta, sua mãe e seu pai, o dia em que viu uma criança cair do balanço e machucar a perna muito feio e chorar e sair carregada pelos pais e os seus tentarem acalmá-la, mas passou o resto da tarde em estado de choque com as possibilidades iminentes e absurdas da vida (isso, o motivo de seu transtorno naquele dia, tantos anos atrás, só entendeu depois), para na frente da porta, respira, escuta os barulhos de dentro da casa, barulho de louça na cozinha, fecha os olhos, puxa o ar e toca a campainha.

Os barulhos estancam por instantes e escuta passos se aproximarem da porta. Será Pedro?

Será Pedro?

Quem abre a porta é o José, que Mirela nunca tinha visto, mas de quem Pedro já havia falado. Ele a olha surpreso, a porta aberta até a metade, de bermuda e chinelo, esperando que a moça diante de si fale alguma coisa, o que deve demorar mais do que a situação permitiria, porque ele, sem impaciência, talvez um pouco preocupado, compadecido da situação (ela imagina), lhe pergunta se está tudo bem e não o que ela quer ali.

— Eu queria falar com o Pedro, ele está em casa? — pergunta então, tentando olhar por detrás daquele volume de pessoa em busca de indícios de outra presença.

— Não, ele não está. Ele está viajando.

— Viajando?

— É.

— Como assim, viajando?

José comprime a boca numa careta que parece involuntária.

— Sabe quando ele volta?

— Não sei, ele foi pra Minas. Quer deixar algum recado? Alguma coisa?

— Não sei.

— Bom, então eu...

— Posso deixar um bilhete no quarto dele?

— Pode, vai lá.

Mirela sente tontura ao caminhar pelo corredor até o quarto de Pedro, o último da direita. As vozes do mundo estão longe. A luz que entra das janelas todas, clara demais, reluzente. Não faz calor nem frio, não faz nada.

Entra no quarto de Pedro. A cama arrumada, a janela aberta. A garrafa d'água ao lado da cama, o mesmo livro, no mesmo lugar desde a primeira vez que Mirela esteve ali. Em cima da mesa, uma pilha de livros acadêmicos, o lugar vazio do computador, uma caneta sem tampa.

A toalha pendurada no encosto da cadeira.

Mirela pega seu caderno de rabiscos na bolsa, arranca uma folha, pega a caneta de cima da mesa, tremendo, escreve "Pedro," e olha em volta, o armário fechado, o troféu de basquete, amassa o papel, joga-o de volta na bolsa, toca na toalha seca e sai.

Antes

— Você prefere fazer alguma coisa ou voltar pra casa?

— Vamos voltar pra casa, Mirela? Estou cansado da semana.

— Também prefiro. Passo pra te pegar umas dez. A Julia quer conversar um pouco, eu vou direto. Você vai estar em que bar?

— Naquele perto da cidade universitária, sabe qual é?

— Lógico, Pedro. A paulistana sou eu.

— Eu também já sou um pouquinho, vai, apesar do sotaque.

— Você conseguiu no fim das contas assistir à defesa do seu amigo ou vai só na comemoração?

— Só na comemoração. Chega uma hora que a gente não aguenta mais aquela ladainha toda.

— Você devia ir. Imagina se na sua não aparece ninguém?

— Melhor assim.

— Até parece, Pedro. Eu vou.

— Se eu deixar.

— Besta. Mais tarde a gente se vê. Beijo.

Tem cerveja na geladeira, Mirela confere depois de desligar o telefone, e umas coisinhas pra comer. Sorri sem gesto nenhum.

Ele já está um pouco bêbado quando chegam à casa dela. Sentam-se no chão, um na frente do outro.

— E os amigos de Minas?

— Quais, os de São João ou de Belo Horizonte?

— Todos. Me conta de todos.

— Em São João a gente tem uma turma boa, desde o colégio. Quase todo mundo casado. Acho que todo mundo, menos eu — rememora os amigos, os olhos apontados para cima, contando nos dedos. — É, todo mundo menos eu. Estou achando que eu vou morrer solteiro.

— Vai nada, Pedro. Eu não deixo.

Ele continua, depois de sorrir discretamente:

— O Waldir foi o primeiro a se casar. Só não teve filho ainda. Abriu um restaurante que virou nosso ponto de encontro.

— Quero ir. Como é?

— É um bistrozinho. Ele sempre gostou de cozinhar. Eu até participei, no começo. Vamos combinar. Estou precisando ir ver minha vó.

— Vou adorar conhecer o bistrozinho e sua vó. Qual é o nome dela mesmo?

— Dona Eneidina. Sábia dona Eneidina.

— E quem mais tem, dos seus amigos?

— Tem o Rodrigo, que casou com uma moça que já tinha um filho. Agora tiveram uma filha. Preciso conhecer, aliás. Ele estava na dúvida, no começo da história deles. Por causa do filho dela.

— Como assim, na dúvida por causa do filho dela?

— Ah, de assumir um relacionamento já com uma criança no meio, acho. Mas a gente deu a maior força. Eu e o Waldir.

— Das minhas amigas, só a Lara já teve filho. E eu, se eu tivesse um filho você me namoraria?

— Que pergunta boba, Mirela. Isso não faria a menor diferença.

— Que bom. Se você dissesse outra coisa eu te expulsava daqui agora.

— Imagino. Estou treinado.

— Treinado? Estragou a resposta.

— Imagina, é brincadeira. Não leva a sério, não.

— Sei, Pedro. Sei. Como é que eu sei então quando é para

te levar a sério, quando é piada e quando é resposta pronta, como é?, treinada?

— Pergunta, uai. Dá para saber.

— Hm. Deixa eu ver. Você pensa em ter filhos?

— Sinceramente?

— Sinceramente, claro.

— Num futuro longínquo, talvez. Não agora. Agora, nunca.

— Eu também não penso. Mas se pensasse, teria. Ou se tivesse, teria.

— Mas essa sua amiga que já teve filho, é de onde mesmo? Eu já conheci?

— A Marina? Acho que não. Ainda não. Era amiga da Mari da faculdade e acabou entrando pra turma das amigas do colégio.

— Essas eu conheci, já?

— Não. As do colégio, não. Logo, logo conhece. Tem a Mari, que trabalha com comunicação, a outra Mari, advogada, a Lali, assistente social, a Chun, produtora, a Thaís, que fazia sociologia, largou e foi fazer moda, e a Letícia, psicóloga.

— E você, arquiteta — Pedro completa. — Cada uma faz uma coisa.

— Pois é, cada uma foi pra um lado. Acho que por isso a gente se vê tão pouco. Mas se conhece tanto que não faz a menor diferença.

— Eu também vejo pouco meus amigos. Mas também, morando longe não tem como. Eu fui fazendo uma turma de amigos em cada lugar e tive que ir deixando pra trás. Pelas circunstâncias da vida.

— Um abandonador de pessoas mesmo.

— Eles tentam correr atrás de mim, mas nunca alcançam — Pedro diz, com um tom que Mirela tenta vasculhar em busca de alguma ironia.

— É sério? Que maldoso.

— Não é de propósito, não. A vida vai andando e eu estou em outro lugar. Bem que eu queria assentar.

— Mas você até que cultiva suas amizades, pensando bem. Vira e mexe, vai visitar.

— Está vendo?

Acabou o disco e a quinta lata de cerveja de cada um. Enquanto Pedro buscava mais duas na geladeira, Mirela pegou seu iPod. Deslizava a tela para baixo, procurando que música colocar, quando Pedro se postou ao seu lado.

— Deixa eu ver como é isso? Eu não tenho iPod, acredita?

— Me ajuda a escolher uma música?

Começa a tocar "Sunny", com Chris Montez, que Mirela escolheu sem que Pedro opinasse. Logo começou a mexer os ombros para um e outro lado no ritmo da música, as pernas acompanhando para a frente e para trás, requebrou um pouco mais para a direita, os olhos revestidos da coragem etílica encarando Pedro, rodopiou para a esquerda, agora de olhos fechados, parou na frente dele e levantou os braços para os lados, movimentando-os com a mesma fluidez que todo o resto do corpo, e Pedro a olhou e começou também a se mover, fazendo nítido esforço para destravar a rigidez dos seus gestos em dança, atenuá-la com música, Mirela pegou a mão esquerda de Pedro e o fez girar, riu com carinho da volta desengonçada que ele conseguiu dar, cada movimento engatado no outro por uma pequena interrupção, um hiato, um soluço, ele inteiro um teatro mal ensaiado de si mesmo, e dançaram na frente da janela para o escuro da madrugada, se houvesse alguém observando do prédio da frente veria duas pessoas felizes e bêbadas entre passos, beijos e tropeços, Pedro parecia um tonel que só conseguia se mover em bloco, Mirela delicada, contornava-o com sutilezas com as quais o corpo dele jamais sonhara, depois o iPod pulou para outra música que eles seguiram dançando como se fosse a mesma, como se a dança de ambos fosse a mesma, como se já não estivesse clareando lá fora.

Pedro,

Hoje, saindo da casa da minha mãe, resolvi andar um pouco de carro, meio sem rumo, sem vontade de chegar a lugar nenhum. Quando vi, estava perto da sua casa.

Decidi fazer o caminho que leva até ela e fui te imaginando em cada pedaço. Parei no farol antes de virar à direita na sua rua, fiquei olhando a praça. Lembrei daquela exposição de fotos. Do menino que parecia você.

Não há mais fotos.

O tempo passou.

Continuei dirigindo em silêncio, como se houvesse outra coisa para escutar.

Foi assim

Era sexta-feira. O despertador tocou. Continuaram debaixo do lençol, como se não fosse com eles. Mirela o beijou no rosto e voltou a adormecer. De novo, o despertador. Mais dez minutos, vai. Agora não dormiu, passou o tempo acariciando Pedro semidesperto a seu lado. Beijou-o na boca, gosto de sono, ele a apertou mais com os braços e virou de barriga para cima. Mirela, de olhos abertos no quarto quase escuro, os pensamentos perdidos nas sombras da manhã, as mãos tocando o corpo do homem deitado ao seu lado, nu, perto, tão perto, seu cheiro, como era bom o cheiro de Pedro, aspirou fundo com a cabeça encostada no ombro dele, a mão esquerda sobrevoando os pelos do peito, depois o braço dele do outro lado, a barriga, seus olhos abertos para a briga entre o claro e o escuro oferecida pelas frestas da veneziana, seus olhos abertos para o que escapava à sua mirada, Pedro respirando lento e fundo a seu lado, só uma fresta dos olhos dele aberta, a mão dela na barriga dele, o umbigo, os ossos de seu quadril, a magreza de Pedro, o ventre vazio de todo homem se movendo com a respiração mais intensa, os pelos do púbis, as veias abertas, Pedro suspira, o pau mais duro com a proximidade da mão suave de Mirela, a mão quente, decidida, e o despertador tocou novamente.

Estou atrasada, Mirela percebeu, mas foi Pedro quem se levantou primeiro, dá tempo de tomar um banho?, se for rápido dá, vou preparando o café, e se sentou na cama com as pernas pendendo para fora, os olhos perdidos por alguns instantes. Escutou o ranger da porta do banheiro e o encaixar metálico da língua na fechadura, suspirou, se espreguiçou. Levantou e foi até a cozinha fazer o café, cheiro de café, a sala iluminada pela manhã de sol, os gestos comuns, um dia qualquer. Quando Pedro saiu do banho a mesa estava posta, o pão na torradeira, o mamão sem sementes e cortado em dois, metade em cada prato, o rosto dele mais pálido, alguma coisa mais funda. Tá tudo bem?, tô cansado, dormimos pouco. Ela se aproxima e a secura do corpo que não se moveu para receber o abraço compunha com o fundo dos olhos dele, agora pouco brilhantes, escondidos em plena luz do dia pela opacidade que era tudo o que podiam oferecer, compunha um verso que rimava com a borra de café que ficou no fundo da xícara que ele bebeu (Mirela só a viu depois, mais tarde naquele dia, ao lavar a louça, mas ela não sabia ler destinos, não sabia escutar as rimas que não queria ou não podia escutar, não sabia que os gestos não eram comuns naquela manhã de sexta, porque não havia pensado ainda que o que acontece depois ilumina fatos anteriores de um jeito completamente diferente, o futuro dando realidade nova ao que já passou; não tinha como saber que não haveria outra manhã, que o sexo interrompido quase não teria continuação, que aquele café seria o último, seriam quase os últimos aqueles olhares).

Tiraram a mesa juntos, vai chamando o elevador enquanto eu termino de me arrumar?, sim, claro, um pouco depois ele gritou seu nome quando o elevador chegou e ela, já pronta, pegou a bolsa pendurada na cadeira, correu até onde ele estava e trancou a casa enquanto ele segurava a porta para que não descesse. Ela apertou o botão da garagem, olhou no relógio, olhou de relance para ele através do reflexo, Pedro ajeitando o cabelo. Fingiu estar se arrumando também. Olhou de novo no relógio.

Não sabia que você estava com tanta pressa, ele disse. Chegaram na garagem e ela assumiu a pressa, talvez para disfarçar algum incômodo, talvez como indício do próprio incômodo que está em algum lugar, em alguém ou entre os dois, mas havia algo de errado?, se perguntaria depois. Entraram no carro, primeiro ela, depois ele. Algum incômodo. Manobrou rapidamente e parou o carro na frente do portão, que se abriu devagar.

Liga o rádio? Ele obedeceu prontamente, como se chegar logo dependesse também daquilo. Tá bom essa?, ele perguntou. Adoro essa música. Tentava amenizar alguma coisa que nem sabia existir.

Saco. Ele perguntou o que foi. Esqueci o envelope em cima da mesa. Olhou no relógio do painel do carro e fez as contas. Não dá para voltar. Era muito importante?, ele perguntou. Era, mas paciência. Já tô atrasada. A música seguiu, o farol fechou. Mirela deixou a marcha em ponto morto e colocou a mão na coxa dele. Pedro segurou em sua mão pouco antes de o farol abrir. O segundo a mais que a mão dela ficou na dele, antes de ela retirá-la para engatar a primeira, era carinho. Sol girassol verde vento solar.

Você vai querer ir amanhã no concerto? Sem tirar os olhos da janela, Pedro respondeu que ainda não sabe. Me diz quando souber, preciso avisar de quantos ingressos vou precisar. Digo sim. Ela quase acreditava que o incômodo crescente era por causa do tempo passando.

Ela parou na esquina da Itambé com a Higienópolis, onde viraria à esquerda para seguir para o trabalho. Tchau, ele disse, depois nos falamos. Beijou-a na boca, um beijo sem prolongamentos, comum, mas doce. O querer que durasse mais como que tornava o beijo dela maior que o dele. Mas ela tinha pressa. Sim, mais tarde nos falamos. Tchau.

Ele desceu do carro e bateu a porta.

Olha enquanto ele se afasta, os passos desajeitados, os braços longos demais pendendo ao lado do corpo, os ombros um pouco caídos para a frente diminuindo tanta altura. Ela com carinho o observa se afastar, sem saudade, sem saber, aquele homem diminuindo conforme seus passos o levam para longe.

Não pode esperar até que ele desapareça dobrando a esquina porque os carros de trás começam a buzinar avisando que o farol abriu.

Lembrou-se de que está atrasada, engatou a primeira e virou à esquerda.

Se

Pedro estaria quase pronto quando ela telefonasse dizendo para ele descer, mas acabaria por deixá-la esperando alguns minutos lá embaixo, com os quais ela nem se importaria: curtiria aquela demora, não a interpretaria em nenhum instante como descuido ou descaso, Pedro é assim, meio atrapalhado com as coisas, seria como sentir o cheiro de uma comida fumegante e se deliciar com ela antes de morder e sentir o sabor de onde emanava, a espera, aquela espera, sendo um degustar prévio da presença de Pedro, toda dela pelos próximos dias.

Ela sorriria bem discretamente, economizando alegrias, quando ele aparecesse na porta do prédio, bermuda e camiseta, chinelo ele só usa em casa mesmo, carregando na mão uma daquelas malas de pano retangulares onde a gente consegue arrumar as coisas dobradas mas que são tão difíceis de carregar. Oi, se beijariam de leve, Mirela nem sairia do carro, o porta-malas está aberto, pode colocar suas coisas lá.

Vamos?, ninguém diria, porque nada precisaria ser dito, apenas as coisas sem nenhuma importância prática, sem nenhuma retórica, conversas à toa entre silêncios e músicas e a paisagem da estrada passando rápida pelas janelas, cada coisa besta assumindo o estatuto de preciosidade, o amor polindo aquelas pedras sem valor nenhum, faria sol, um sol não muito quente, Mirela dirigiria um pouco até pararem para um café e então Pedro assumiria o volante. Ela cuidaria de escolher as músicas, teria toda uma estrada de São Paulo a São João del-

-Rei para preencher com as músicas que quisesse, perguntaria a Pedro uma vez ou outra se ele queria escutar alguma, nada específico, ele responderia, as escolhas musicais dela sempre bastaram. Mirela poderia ter colocado para tocar a seleção que havia dado a Pedro de Natal pouco mais de um mês antes, mas aquelas ele já conheceria de cor, já esperaria a próxima canção, a memória colando unidades distintas, como um disco daqueles de se escutar inteiro parecendo a leitura de um livro, do começo ao fim, o disco-livro escrito por ela para ele, ou poderia colocar a seleção no *shuffle*, a ordem aleatória de passado, futuro e presente se configurando no caleidoscópico musical de uma vida, de duas vidas, pelo menos na estrada de São Paulo a Minas Gerais, porque se chamavam homens, também se chamavam sonhos, e sonhos não envelhecem.

Eles parariam para almoçar encostados em um balcão de qualquer espelunca de estrada, a estrada de Pedro, repleta das memórias dele das quais ela agora começaria a participar, e depois, satisfeitos, sentariam de novo no carro, alegres, carinhosos, um pouco receosos pois seriam alguns dias, muito tempo juntos, quase uma prova de tolerância, de amor, onde o tempo responderia se sua passagem os afastaria ou uniria mais, mas ela sabia que uniria, intimamente ela sabia, enquanto Pedro — ela concluiria — talvez nem sequer estivesse pensando nisso.

As horas escorreriam através do conta-gotas dos quilômetros da estrada, mais uma, menos um, refrescadas pela brisa da janela às vezes aberta e pelas melodias que emoldurariam a história que se construía, Mirela respiraria um pouco mais curto conforme se aproximassem da cidade de Pedro, de suas ruas, de suas pessoas, suas histórias, ela já conhecia São João, havia ido uma vez com uma excursão da escola anos antes e outra vez com os pais e a irmã, antes ainda, mas agora seria diferente, não mais uma viagem de passagem, ela poderia pensar, mas de chegada, de chegada a um mundo que passaria a ser também o seu.

E então, minuto a minuto, depois de horas, chegariam à cidade, às ruas de paralelepípedo, às casas coloniais e barrocas — as barrocas combinariam mais com Pedro, ela pensaria —, e se aproximariam da casa de sua avó, como é mesmo o nome dela?, dona Eneidina, sábia dona Eneidina, ele diria, parariam o carro na rua em frente ao portão azul e, enquanto descarregassem as malas, apareceria de dentro da casa a dona Eneidina, lenta, curvadinha, de saia e sandália, e abraçaria Pedro, que apresentaria Mirela, que a cumprimentaria com carinho de neta, e os três entrariam na casa, casa com cheiro de avó, e sentir o cheiro longínquo e doce e velho seria para Mirela o equivalente a receber um abraço do tempo, das possibilidades de amor, do futuro; as malas ficariam encostadas em um canto enquanto eles se sentariam na sala para tomar um café passado havia pouco, o aroma suave invadindo os entremeios do cheiro anterior da casa, tornando-se agora — o aroma de café — tão antigo quanto aquela cidade, e então, com a xícara virando suave nos lábios, ela pensaria, na tentativa de nomear o que sente, que Minas é a terra da tarde, o sabor quente acariciando a língua.

À noite iriam ao restaurante do amigo de Pedro, Mirela reconhecendo os cenários das histórias tantas, conheceria Waldir, o dono, tomaria cachaça com ele e com Rafael e Gustavo e Amanda e Mariana e Lucio, bêbados todos, Pedro e seu mundo, como é bonito o restaurante, como é linda sua cidade, e o tempo, e a vida.

No dia seguinte, depois de ter sonhado que o restaurante do Waldir ficava na rua Bela Cintra, Mirela acordaria no quarto já claro sem que Pedro estivesse a seu lado, o que era raro: ele sempre acordava depois. Se vestiria, sairia do quarto e encontraria Pedro e a avó na sala, esperando-a com a mesa posta do café da manhã, pão fresco, que dona Eneidina teria comprado mais cedo na padaria — a lentidão de uma era, os pequenos passos percorrendo os paralelepípedos das ruas, Mirela pensaria —, queijo, frutas, bolo e café, dona Eneidina apenas os acompanharia na mesa, olhando e fazendo, vez ou outra, perguntas que poderiam parecer ingênuas para quem não beirasse os noventa. Sim, vó, vamos a Tiradentes, tem o festival de cinema lá, se a senhora animar te levamos também, não, Pedrinho, tenho meus montes de coisa pra fazer aqui, cuidar da casa e das horas que atravessam estas janelas.

Entrariam novamente no carro e percorreriam a estrada verde até Tiradentes, e a cidade estaria cheia quando chegassem, e caminhariam pelas ruas com a beleza da Serra de São José ao fundo, e almoçariam comida mineira, e veriam filmes, e falariam com pessoas, não, não falariam com ninguém, não precisariam de mais ninguém além deles mesmos durante todo aquele dia ensolarado. No fim da tarde, entre uma e outra sessão de cinema, sentariam em um lugar qualquer só para assistir de novo ao dia, a eles mesmos, olhando passarem as pessoas pelas ruas, alegres, mais que isso, felizes, profundamente felizes, e de noite pegariam a estrada em direção à casa de dona Eneidina, que estaria vendo televisão sentada no sofá da sala quando eles chegassem e se levantaria com esforço para os cumprimentar, como foi, Pedrinho?, foi bom, vó, e, depois do banho que tomariam juntos, iriam novamente ao restaurante do Waldir, e tomariam cachaça com ele e com Rafael e Gustavo e Amanda e Mariana e Lucio, todos bêbados, até de madrugada, quando voltariam cambaleando e rindo para a casa de portão azul.

No dia seguinte, domingo já, acordariam de ressaca, passariam a manhã na cama, almoçariam a comida da dona Eneidina e pegariam de novo a estrada, voltar para São Paulo, sem tristeza, a vida deles continuaria e eles continuariam juntos, Mirela dormiria de leve, aconchegada pelo rumor distante do carro e da estrada e das memórias tão recentes e doces, e quando acordasse, sem que Pedro percebesse, o olharia no banco ao lado, dirigindo, escutando "Um girassol da cor de seu cabelo" em silêncio.

Hoje

O despertador toca às sete e meia, Mirela demora alguns instantes para desligá-lo e, sem olhar para a tela do telefone, volta para a mesma posição. Aconchega-se no travesseiro, no edredom, encolhendo-se milimetricamente um pouco mais, mas hoje é quinta, tem uma reunião às nove, não pode se atrasar, esse cliente nunca atrasa. Abre os olhos, toma coragem, ainda não consegue se levantar, alcança de novo o telefone e, antes de desplugá-lo do carregador, vê — demora alguns instantes para entender ou acreditar — uma ligação perdida de Pedro no WhatsApp.

Senta-se imediatamente, arranca o telefone do fio, destrava o celular com pressa. Às 2h04, Pedro tentou ligar, o nome dele em vermelho na tela, acima dos outros registros de chamadas. Aconteceu algo? Será que está tudo bem? Será que estava bêbado? Queria só falar com ela?

Será que esbarrou no seu nome sem querer e o telefone completou a ligação?

Não. Não.

Antes de se levantar, escreve: "Você ligou? Está tudo bem?", larga o celular na cama, numa tentativa forçada de displicência, e se direciona para a cozinha para preparar o café.

Até a hora da reunião, Pedro não havia visualizado sua mensagem.

O cliente gostou do projeto, Mirela está radiante.

Assim que se despede do cliente na porta do escritório, perto das onze horas, Mirela checa: mensagem visualizada às 10h15. Nenhuma resposta.

Talvez ele ainda responda. Vai responder.

O dia passa devagar.

Antes

No escuro depois do sexo, passando de leve os dedos sobre o rosto de Pedro, Mirela percebeu uma protuberância, abaixo da pálpebra, quase na bochecha. Não se deteve ali, continuou acariciando o lábio, o queixo, o maxilar. Mas enquanto seus dedos seguiam, o pensamento estancou na saliência. Nunca a notara. Mirela o olha tanto, repara, admira, como havia deixado passar? Aliás, o que era isso? Seus dedos descolaram da pele do rosto dele ao perceber que a pergunta havia sido feita em voz alta.

— Isso o quê?

— Na sua bochecha. Essa bolinha. Aqui.

— É um cisto.

— Um cisto?

— É, uai.

— Grande assim? Não tinha reparado.

— Tem crescido. Vai ver por isso você não viu.

— Dói?

— Não. Só é feio. Mas tem que tirar.

— Mas se não dói, precisa?

— Precisa, senão vai crescendo.

— E você vai tirar?

— Estou pra ver isso. Não tenho plano de saúde, vou no hospital da universidade.

— Posso te acompanhar.

— Não precisa.

— Ou falar com a minha amiga dermatologista. Ela pode dar uma olhada se você quiser.

— Obrigado, não precisa. Deve ser coisa simples. Na verdade, eu cheguei a passar num médico em Minas, ele disse que só precisava tirar se continuasse crescendo. Mas que não era grave.

— Ah. E o que causa, por que nasce esse cisto?

— Ouvi dizer que nasce em quem segura demais as coisas. Não bota pra fora. Algo que extravasa, que o corpo dá um jeito de expelir.

— E você acredita nisso?

— Pra mim faz sentido.

— Faz? Você segura muito as coisas?

— Eu sou fechado, né.

Mirela apoiou, de lado, a cabeça no cotovelo. Fechado? Pedro falava bastante de si. Será que falava aquilo tudo só para ela? Não, não parecia nada fechado. Falava até sobre isso, sobre a dificuldade de falar. Então o que eles tinham era mesmo especial. Desde o primeiro dia. Lembrou-se da noite em que se conheceram, ele havia dito ser um cara inseguro, difícil de se abrir. Sentiu imediatamente vontade de cuidar dele. Ainda sente. Desconfiou de alguma coisa, de que não fosse verdade, de que ele não fosse assim como dizia? Não, sentiu que só ela poderia compreendê-lo de verdade, gostar dele apesar daquelas dificuldades, daqueles defeitos. Que bom, afinal, que, dentro da relação deles, Pedro conseguia ser uma pessoa mais aberta, uma pessoa diferente do habitual, sem as defesas costumeiras. Uma pessoa melhor. Mas era só para ela que ele dizia aquilo tudo? Será que falava aquilo sempre, para qualquer uma, um modo de fazer charme, posar de inseguro? Não, não podia ser. Mirela sentia que era verdadeiro, e gostava dele mais ainda, e sentia vontade de abraçá-lo, e se abraçavam, e ela sentia que havia chegado, enfim, num lugar onde queria estar.

Mas quando ela disse eu te amo, uma noite dessas, antes de dormirem, ele ficou quieto. Ela havia falado baixo, sussurrado, talvez ele não tivesse escutado. Ou talvez fosse só questão de tempo. Devia ser. Ele já estava se soltando. Cada dia um pouco mais. Quarta passada, de manhã, ele a abraçou forte, forte, e disse que não a deixava sair, que estava presa. Por lei, ele brincou. Mirela se sentiu bem. Foi quase um eu te amo, estar entre os braços de Pedro, na cama, daquele jeito sem poder sair. Foi? Será que hoje, se ela dissesse eu te amo, ele também diria?

— Pedro.

— Oi, Mirela.

— Te amo.

Pedro esperou alguns segundos e, enfim, disse:

— Eu também.

Tempo

A casa ficava de frente para a praia, quintal de areia, coqueiros no jardim, a pele ardida de sol, a própria lembrança um pouco avermelhada, entardecida, salgada de maresia. Naquela viagem, Mirela passou mal ao tomar um coco estragado, um dos tantos que o moço tirou lá de cima e deixou empilhados num canto perto da entrada da cozinha, ali onde havia um chuveiro para tirar areia do corpo e do pé. A água do coco tinha gás, mas Mirela achou que era como um refrigerante, ou foi o que Marieta sugeriu, mas a irmã deu só um gole e passou para a mais velha, que o bebeu todo. A madrugada inteira vomitando.

Conseguiu voltar à praia só dois dias depois, ainda um pouco fraca.

Leda e Tadeu sentados em espreguiçadeiras, debaixo do guarda-sol, Mirela sentada na areia, também na sombra, e Marieta indo e vindo, brincando na água, na areia, fazendo carinho na irmã.

Quando o sol baixou um pouco, Mirela e Marieta pingando gotinhas de areia molhada fizeram um castelo enorme, o maior de todos, indestrutível, tão bonito, Tadeu tirou fotos, as meninas orgulhosas, confiantes, felizes, mas no dia seguinte, depois da maré alta, logo cedo ao chegarem na praia, o castelo não estava mais lá.

Hoje

— Hoje acho que prefiro deitar ali.

— Fique à vontade.

— Bom. Lá vou eu de novo. O Pedro. Ai, o Pedro. Eu tô me repetindo, eu sei. Eu mesma já não aguento mais pensar no Pedro, falar do Pedro, sonhar com o Pedro. Achei que talvez deitando aqui em vez de olhar pra você eu conseguisse falar de outra coisa, mas pelo jeito não. Até piora. Até a vergonha de só conseguir falar dele continua. Saco. Se eu já tô cansada, imagina você. Desculpa. Deve ser muito chato ouvir a mesma ladainha toda semana. Eu nunca me senti assim, nem depois de terminar histórias longas, bem mais importantes, bom, que deveriam ser bem mais importantes. Quer dizer... Não, não era igual. Nunca. Por que isso agora? Ontem no meio do almoço me veio um estalo, uma pergunta, do nada, será que gostar do Pedro é específico ou é só gostar, só porque ele sumiu, com qualquer outro que tivesse feito a mesma coisa eu piraria assim, hein? Mas aí de novo sonhei com ele. Foi ontem, sonhei que ele quebrava todos os dentes em um jogo de basquete, numa briga no jogo. Minha sensação era uma mistura de tristeza, de vontade de cuidar dele, de ir lá defender ele de quem tava dando porrada nele, com uma raiva, um bem feito que isso aconteceu com você, seu filho da puta. Fiquei paralisada dentro do sonho, vendo a boca dele sangrar, ele horroroso, sem os dentes, cuspindo de dor. Acordei triste. Novidade, né? Mas pelo menos não é mais aquela dor rasgada, que chega a ser física, como se tivessem me arrancado um pedaço. Uma tristeza acho que mais calma, mas sempre lá, mesmo no trabalho, conversando de outra coisa, a tristeza sempre de prontidão. Pô, quanto tempo faz, já? Há quanto tempo eu tô vindo aqui? Tô cansada, sabe? Cansada. Eu sei que é um absurdo essa insistência minha, eu racionalmente sei que já passou da hora de entender que acabou, mas eu tenho uma esperança imbecil, inútil, chega a ser até uma certeza, de que a gente vai voltar. Eu não consigo entender. Tudo me leva pra uma direção, mas eu me vejo na outra, seria tão simples, um, dois e já, pronto, desistir de alguém, esquecer, mas como se faz isso? Eu vejo na cara das pessoas que elas não me entendem, eu mesma não me entendo, eu mesma me sinto uma idiota. Mas no meio disso tudo tem aquela filha da puta daquela esperança, a gente vai ficar junto, era tão bom, eu tenho certeza que ele estava lá, a gente sabe quando uma pessoa está lá e quando não está, não sabe?, então não entendo, como é possível alguém que estava diante de mim simplesmente desaparecer? Um dia ele tá lá, no outro — puf, um passe de mágica — sumiu, e ficam os resquícios, os livros que tavam comigo, uma camiseta velha no armário, como se fossem provas, como se precisasse ter provas de que ele realmente existiu na minha vida, porque eu mesma passo a duvidar. Eu vejo a cara de pena das pessoas quando eu conto, não pena por causa desse fim bizarro, um fim desrespeitoso, no mínimo, covarde, sei lá, eu vejo que eles têm pena é da minha esperança, assim: coitada, tem esperança, que bobinha, que ingênua, com certeza o cara tá com outra e ela aí, achando que ele tá só dando um tempo. Eu sei que ele não tava com ninguém, não tinha outra mulher, ele é travado, a gente chegou a conversar disso, da dificuldade dele em se abrir, sabe?, inseguro pra caralho, não é o tipo de cara que fica com um monte de gente, é meio lerdo, desligado, e até disso eu gostava, então eu sei, eu tenho certeza que não foi por causa de outra mulher que ele sumiu. Mas... O que eu ia dizer? Ah, tava falando que as pessoas têm me falado pra virar a página, que eu sou uma mulher xis, ípsilon, zê, mas isso não me serve de porra nenhuma, até piora, se eu sou tão foda quanto falam por que um cara que nem o Pedro, inseguro, travado, desaparece? Sei lá. Meus amigos mal conheceram o Pedro, não podem dizer nada, mas ficam o tempo todo falando coisas idiotas pra me consolar como se adiantasse, como se eles nunca tivessem passado por isso também, e ficam só me olhando com aquela cara de piedade deles. Alguns acho que já perderam a paciência, me olham e eu fico imaginando que, mesmo que não digam nada, que se esforcem pra não dizer nada, tão pensando sai dessa, Mirela, o cara só vazou, não fez nada de grave, não te machucou, quem tá pirando sozinha é você, aí outro dia me veio um estalo, acho que quando eu mesma tava me perguntando se não era um exagero, assim, ó, a gente passa a vida toda escutando que precisa ter alguém, a gente mulher, né?, e nem só escutando, a gente passa a vida toda assistindo filme de conto de fadas, novela, viveram felizes para sempre, essas coisas, a gente passa a vida toda ouvindo de mãe, de tia, de vó, de pai, a vida toda desde criança já sabendo que uma mulher precisa ter alguém, precisa ser em dupla, ter um par, senão é como se fosse menos, ou até se não fosse nada, a gente nem tem a chance de se perguntar, será que eu quero estar com alguém?, não, tem que estar e não se fala mais nisso, ou melhor, e nunca se falou nisso, e daí foi que eu pensei, escutando de mim mesma essa palavra "exagero", que quando a pessoa que a gente finalmente escolheu pra ser nosso par, nossa dupla, nosso passaporte pra felicidade ou pelo menos pra visibilidade, quando essa pessoa te dá o pé na bunda ou, no meu caso, simplesmente some e a gente perde o chão, aquele chão que ensinaram pra gente a vida toda que pra uma mulher é só do lado de um homem, aí é a gente que é exagerada, sai dessa, supera, e o exagero de sofrer tanto agora é nosso, na nossa conta de novo, e não na conta da expectativa, da certeza implícita de que uma mulher só pode ser alguém com um homem. Deu pra entender? Então. Sei lá. Mas o que acontece agora é que eu não consigo me interessar direito por ninguém, quer dizer, até consigo, até ameaço me apaixonar, quase me apaixonar, bom, nem tanto, vai, me interessar por alguém, mas sempre acabo dando um jeito de estragar tudo. Tá vendo? Por que eu me queixo de não conseguir me interessar por ninguém? Como se pra curar a dor da perda de um homem, só com outro homem. Como se sai disso? Parece que eu até consigo enxergar, consigo ver a saída, mas não sei como chegar até lá. Por exemplo, eu saí com o Caio esse fim de semana de novo. De novo, porque eu insisto, né? Eu mesma não consigo me entender, tenho uma vontade e faço outra, como se eu precisasse, sei lá, de algum jeito me destruir, e saber disso não me adianta de porra nenhuma, porque eu continuo fazendo. A lógica do abandonado, existe isso?, Pedro me largou é igual a eu sou uma merda. O olhar dele, não, nem isso ele me deu, o sumiço dele dizendo que eu não valho nada gruda na minha pele, o que sobra de Pedro passa a ser, além da dor, eu me sentir uma merda, eu agir como se fosse. E isso é o que sobra dele pra mim. Dá pra entender? Tô pensando isso agora. Chafurdar na dor de um jeito ou de outro. Bom, daí que dessa vez foi o Caio. Primeiro que parece que falta alguma coisa, não sei, é gostoso dormir abraçada com ele, mas transar nem tanto, falta alguma coisa, é gostoso, não deixa de ser, mas aí eu lembro do Pedro, de como era com ele, e pronto, pensei no Pedro, a cabeça fica longe, eu só quero que o Caio ou qualquer pessoa que não seja o Pedro suma da minha cama o mais rápido possível e mesmo assim, no dia seguinte ou depois, sei lá por que eu escrevo pro cara, o Caio mesmo acha que eu tô a fim dele, então eu fico fazendo essas trapalhadas, sabe?, saio com um sem gostar, transo com outro qualquer, me sinto uma merda no dia seguinte, invadida, exposta, tenho feito cada coisa, que horas são?, hoje acho que não vai dar tempo de contar, mas sei lá, talvez fosse melhor... Sei lá. Mas, enfim. Será que o fato de eu não conseguir me aproximar de ninguém de verdade é um jeito de me aproximar do Pedro? Sendo um pouco como ele é? Ai, até isso... Eu no fundo não me conformo como faço tudo pra salvar ele da imagem que ele próprio constrói dele mesmo. Enfim. Acho que o grande legado do Pedro na minha vida, no fim das contas, foi me dar de presente a certeza de que qualquer pessoa pode ir embora a qualquer momento.

Caio fuma um cigarro, deitado de barriga para cima. Mirela, de olhos fechados, ofegante, pensa que é bom que ele tome cuidado para que não caia cinza alguma em sua cama. Depois de instantes, abre os olhos e vira a cabeça para o lado, procurando:

— Tem cinzeiro aí?

— Não, mas não precisa, eu bato a cinza no plasticozinho do maço, olha.

Mirela, sem dizer nada, levanta e vai até a sala buscar um cinzeiro, que entrega a Caio.

— Obrigado. Não precisava.

— Precisava, sim.

— Aconteceu alguma coisa? Tá tudo bem?

— Tá. Sei lá. Como eu te disse. Não estou na minha melhor fase.

— Ainda encanada com aquele cara? — Ele apaga o cigarro no cinzeiro, vira na direção de Mirela e a acaricia.

— Ainda? Como assim, ainda? É, ainda. Nada a ver com você.

— Vem cá, vem.

Mirela se deixa abraçar.

— Mas não foi gostosa, a nossa transa?

— Foi, Caio, não é isso. Uma delícia. Mesmo. Mas não tem a ver com você, já te disse.

— Com ele era melhor, era?

Mirela se senta na cama, afastando-se do abraço.

— Cara, você parece um ciumentinho babaca falando. Que história é essa? Cê tá maluco?

— Desculpa, desculpa. Só queria saber. Desencana. Queria ajudar. Eu gosto de você, você sabe.

Mirela abraça as próprias pernas, um pouco curvada sobre si, o olhar distante. Permanece assim por algum tempo, calada. Depois, sem voltar o rosto para Caio, diz:

— Era bom, com ele. Muito bom. Quer saber mesmo? Então eu te conto. Trepar com o Pedro. Vamos lá. O Pedro... Pra começar, ele tem um pau gigante, enorme, o pau mais gostoso que eu já chupei na vida. Eu tinha um tesão sem tamanho e foi a primeira vez que eu engoli porra sem nojo nenhum. Achando gostoso. Amor, né? Dizem que é. E era mútuo: ele me mandava mensagens no dia seguinte às nossas noites dizendo que não conseguia se concentrar no que precisava fazer. Que ficava pensando na gente. Que vinham imagens e sensações na cabeça dele, no corpo. E eu sabia como era porque sentia igual. O dia inteiro com tesão. Enfim. Mais ou menos isso. Satisfeito?

Caio a olha em silêncio, vários vincos na testa. Mirela por um instante sente pena dele, mas continua falando:

— Te conto mais. A gente trepava horas a fio, ele me lambia da cabeça aos pés e eu me molhava e salivava a ponto de babar, sabe? E não tinha essa coisa de trepar várias vezes não, que isso aí pra mim é coisa de quem não trepou uma vez direito. Tem que ter começo, meio e fim, uma vez só e pronto, mas daquelas que tiram a gente do espaço-tempo, eu me esquecia de quem eu era, e depois uma sensação de paz, de completude, e não essa sensação estúpida de vazio.

Caio pisca. Hesita e acende outro cigarro, sentando-se na cama, afastado de Mirela.

— Mas era melhor quando eu ficava por cima. Ele não tinha muito ritmo. Você tem mais.

Uma cinza cai no lençol. Ele dá mais um trago, apaga o cigarro mal começado, se levanta, se veste e, sem dizer nada, sai do quarto.

Mirela está deitada de bruços, a cabeça afundada no travesseiro, quando escuta a porta de casa bater.

Antes (ou uma noite)

Eram muitos os planos para uma noite. Mirela se esforçava para fazer caber em algumas horas programas que poderiam ser feitos ao longo de dias, como se houvesse alguma necessidade de condensação. No meio da semana, mandou a Pedro um link com uma versão da música que a cantora tocaria no show; escolheu a de que gostava mais e, quando já estava para mandá-la, pensou melhor e resolveu pela versão original mesmo, "Stir It Up" na voz do Bob Marley: cada detalhe parecia definir alguma coisa e determinar caminhos.

Pedro hesitou um pouco, não sabia se conseguiria terminar algumas coisas importantes do doutorado a tempo e, no fim, ou melhor, no meio da semana, escreveu "acho que vai dar". Mirela, então, passou por cima da percepção rápida, mas nítida, apenas um relance, da armadilha feita por ela mesma — será que ele iria para encontrá-la ou só porque o show era bom? — e estendeu os planos, pensando no aniversário da amiga ao qual daria para ir logo depois, e quem sabe não desse tempo também de dar uma passada na despedida do cara do trabalho, assim todos conheceriam Pedro, assim Pedro entraria mais rápido, de uma vez, no seu mundo, na sua vida.

Quinta-feira, ele mandou para Mirela a imagem de uma mulher sentada abraçada à perna esquerda do Egon Schiele. Parece você, escreveu, e ela, apesar de não se achar nada parecida com aquela pintura, gostou, talvez apenas de que Pedro se lembrasse dela por qualquer motivo. Quanta honra, respondeu, pensando em procurar um quadro que o retratasse também, mas logo desistiu.

Sexta-feira, o interfone tocou uns quinze minutos depois do horário combinado. Mirela estava pronta para descer, mas o porteiro avisou que Pedro estava subindo; talvez ele quisesse fumar um pouco antes de ir. Mirela fumava maconha só às vezes porque ficava paranoica e lenta, debruçando-se sobre os instantes como alguém que se abaixa sobre um formigueiro para observar de perto enquanto as pessoas, então gigantes, vivem e fazem as coisas ao seu redor. Era isso mesmo, Pedro trazia um cigarro já feito, que bonito você está, são seus olhos, Mirela, mas você é um antiquado mesmo, e ele sorri. Acendeu o baseado, deu algumas tragadas e ofereceu a ela, quero só um ou dois pegas, pra mim já é suficiente. Vamos?, ela disse um pouco depois, preocupada com o horário.

Pedro adorava conversar com os taxistas. Mirela olhava, pensando se, quando sozinho, ele também agia assim. Perguntava da música, do caminho, da vida; parecia um pouco que ele queria mostrar como era de conversa fácil, amigo dos trabalhadores, dos humildes. Ou, talvez, fosse a paranoia da maconha que a fazia pensar assim; mas que era estranho só perguntar e não falar nada de si, isso era. Então Mirela se lembrou, olhando para fora da janela, os olhos fundos e pequenos, como que distantes, das vezes em que voltava bêbada de táxi para casa, contando ao motorista suas desventuras amorosas, o fora que havia dado ou recebido, motivo de rir e chorar. Quando chegaram, demorou alguns instantes para entender que era hora de sair do carro.

Seus amigos já haviam entrado e o show estava para começar, Mirela agarrou a mão de Pedro, as pessoas, tantas pessoas, sentia como se penetrasse numa massa feita de gente que lhe encostava no corpo e nos olhos e nos ouvidos, vai ser difícil achar o pessoal, ela disse baixo, talvez para que Pedro nem escutasse, deixa eu mandar uma mensagem, ali, eles estão ali, Pedro, essa é a Juju, essa é a Pati, esses são a Claudinha e o Duda, querem cerveja?, sim, vamos dançar, e as luzes, e a música, e as pessoas, mais cerveja, e eles dançavam, sorrindo todos, *in high seas or in low seas, I'm gonna be your friend*, Pedro às costas de Mirela, abraçando-a, ambos diante do palco movimentando-se lentos, *in high tide or in low tide.*

O show já havia terminado, mas a pista seguia boa quando de repente Pedro puxou-a pela mão em direção à saída com uma veemência um pouco maior do que o momento pedia, mas Mirela já estava bêbada o suficiente para não desconfiar de nada. Nem se despediram dos amigos e pegaram outro táxi, pra onde vamos, Pe?, uai, não sei, e só então ela achou estranho o modo abrupto com que saíram. Será que viu alguém que não queria ver?, chegou a pensar, mas esqueceu do assunto quando ele perguntou se não havia outra festa, tem sim, vamos, então é na Augusta, moço, do lado dos Jardins, dessa vez Pedro não tentou puxar conversa com o motorista e foram o caminho inteiro rindo, se beijando, se agarrando, Mirela derramou cerveja no banco do carro e eles riram mais, ela fez que diria ao taxista e Pedro tapou sua boca, tentando segurar também sua gargalhada, tava bom o show, obrigado, ele disse quando o carro parou no farol da Teodoro Sampaio com a Alves Guimarães, também adorei, e ambos ficaram em silêncio alguns instantes, a voz do rádio anunciando o programa da madrugada, a cidade iluminada, a alegria bêbada.

Dessa vez eu pago, Pedro, não, Mirela, você já pagou os ingressos, ainda te devo uma cerveja na festa, então tá bom, mas eu quero cachaça. Estavam todos mais bêbados que eles quando chegaram, achei que você não vinha mais, parabéns!, gente, esse é o Pedro, o barulho, pedaços de noite amarrotados pelo álcool, se separaram para conversar com pessoas diferentes, um sempre ao alcance da visão do outro, que bom que ele se dá bem com meus amigos, Mirela pensou, tomando um gole de cachaça.

Havia umas cinco pessoas no salão quando decidiram ir embora. O dia já clareava e eles, sem pensar muito, foram tomar café da manhã. Havia mesas livres na padaria 24 horas; Pedro pediu uma cerveja e um pão na chapa; Mirela, um suco de laranja. Disse a Pedro, a voz pastosa, que o garçom era parecido com o Dustin Hoffman; ele concordou e, também sem conseguir articular as palavras direito, perguntou se ela tinha visto *A primeira noite de um homem*. Quando o pedido chegou, falavam da última cena, aquela no ônibus, o casal depois da fuga da igreja, no espaço entre o fim do filme e o começo da vida.

Hoje

Ao abrir os olhos, a dor de cabeça vem antes da náusea, que vem antes de reconhecer as paredes de onde está. Fecha-os de novo: a cabeça lateja e pesa e o estômago revira. Precisa de água. Tateia ao redor, a penumbra e o enjoo confundindo as coisas, o cérebro como se fosse uma pasta; sente um braço, cabelos longos, outro braço. Corre ao banheiro, que de repente lembra onde é, para vomitar.

Volta para o quarto e as duas pessoas com quem dividiu a cama seguem dormindo. Procura sua roupa, com que roupa eu estava mesmo?, a saia, a meia-calça, a blusa, encontra o sutiã embolado no chão, será que saiu sem calcinha?, acha que não, mas não importa, que fique ali, precisa sair o quanto antes daquele lugar.

Fecha a porta tentando fazer o mínimo de barulho e respira fundo para amenizar o enjoo enquanto espera o elevador. O movimento de descida piora a náusea; coloca a mão sobre a boca, os olhos fechados, tentando impedir o vômito. No térreo, tira a mão e suspira, mas o enjoo persiste e não há alívio algum.

Demora alguns segundos para conseguir abrir os olhos pela incidência da luz, sente o cheiro de cigarro que vem do seu cabelo e faz um esforço enorme para não vomitar de novo. Porra, até fumar eu fumei ontem, lembra, sentindo na garganta, no pulmão, o mesmo estofado arranhado e imundo que em todo o resto do corpo.

Mirela nunca fumou, e quando está muito bêbada dá um ou dois tragos e acha ruim. Na noite anterior, porém, imagina ter

86

fumado como se fosse um hábito. É o que seu corpo diz. Faz um esforço para recobrar a memória. Sim, a área de fumantes, saí um monte de vezes para lá, ela lembra; a conversa com Renato enquanto fumava, ah, verdade, aos poucos as coisas vão voltando. Como foram parar naquela festa? O jantar, faz séculos que não se viam, desde a última vez que ela visitou o amigo em Brasília. Mirela, tô em São Paulo, bora se encontrar?, vamos sim, vamos, tô precisando sair, querendo conversar, eles se encontram em um restaurante peruano, comem pouco e bebem muito, ela fala de Pedro, Renato ouve sem muita atenção, é estranho, ele diz, esse cara é esquisito, só você, Mirela, pra gostar de uns caras assim, do nada?, tem alguma peça que não se encaixa nessa história, eles bebem mais e decidem ir a uma festa, sim, foi ideia dele, Mirela agora se lembra.

A música é ótima e ela dança, mas procura alguém, dança olhando para longe, procura alguém e não encontra, anda pelo salão com o olhar vazio, quando volta para perto do amigo começam a dançar mais perto, mais perto, ele enlaça sua cintura, respira no seu pescoço, Mirela se lembra de sentir um arrepio e pensar: por que não?, Renato então diz que uma outra amiga dele está chegando, ela se afasta um pouco mas ele a segura de leve pela cintura, a música acaba e ela vai pegar outro uísque, quer um também, Renato?, quero sim, te espero aqui. As coisas estão embaralhadas em sua memória, ela não se lembra de como se sucederam, há pedaços, retalhos de momentos, Renato beija Tatiana, Mirela olha, dançando perto, Mirela se aproxima de Tatiana?, não sei, o beijo é doce, se existisse uma definição assim, o beijo de Tatiana seria fino e o de Renato mais grosso, mais cheio, e quando se beijam os três ao mesmo tempo é como se cada um através de sua língua se transformasse em outra pessoa, o meio da pista, a música, Mirela quis beijar só o Renato?, "foca no trio", será que ele teve mesmo a cara de pau de dizer isso?, quer ir embora, por que não foi?, revira a bolsa procurando algum vestígio de quanto dinheiro gastou, encontra dinheiro amarrotado, mas não o suficiente para pegar um táxi, Mirela dança entre Tatiana e Renato, beija um, beija a outra, em que momento decidiram ir embora?, não faz a menor ideia de como foram parar naquela casa, a casa de Tatiana, só pode ser, tenta se lembrar, procura indícios no seu corpo, suas pernas doem, as coxas, um gosto diferente na boca, o braço direito arranhado, lembra de estar na sala com os dois, era na sala?, deve ser, e no quarto, como foi?, lembra da cena de Renato comendo Tatiana, ela beijou mesmo os peitos de Tatiana?, e depois?, será que Renato comeu ela também?, presta atenção em seu corpo e sente um ardor na vagina, merda, será que se lembraram de usar camisinha?, quase vomita de novo, decide andar até em casa porque a mera ideia de entrar em qualquer veículo em movimento a enjoa mais, o que eu fui fazer, o que eu fui fazer, o sol na cabeça a faz latejar mais, o corpo parece estraçalhado, quer água, quer dormir, quer morrer, sente vergonha, sente nojo, caminha, arrastando as pernas, o olhar sempre no chão, não chora porque não tem lágrimas, seu telefone toca, é o Renato, não atende, falta pouco, falta pouco, tenta se dizer, como se chegar em casa caminhando por São Paulo fosse uma longa jornada pelo deserto, passa na frente de um bar onde já esteve com Pedro, sente uma alegria qualquer pela primeira vez no dia: está, até esse momento, há horas sem pensar no Pedro, essa ressaca de merda tem um lado bom, imagina-se chegando em casa e deitando na cama sem banho sem nada, encolhida no escuro como se ficar pequena fosse juntar pedaços espalhados, seus pedaços rasgados e picotados por ela mesma, precisa de água, precisa vomitar, precisa dormir, precisa chorar, e não chega nunca, não chega nunca até que chega em sua casa e toma goles e goles de água direto da garrafa e desmaia no sofá.

Sonha que está em Minas Gerais, em um bar. Alguém toca música; algum amigo de Pedro. Tudo escuro, quase escuro. Um sonho envelhecido. Um casal de amigos dele também assiste, mas Mirela está sozinha. Eles a abordam: quem é você? Eu estive com Pedro, ela responde. Aqui? Não, lá, do outro lado da vida dele. E Pedro aparece. Ela sente uma alegria desperta, afiada, dentro mesmo do sonho se surpreende com a semelhança entre encontrar Pedro quando dormindo e quando acordada. Eles conversam, palavras soltas, mas há carinho, Pedro toca em seus cabelos com os dedos, então ele gosta mesmo de mim, ela percebe, eu sabia, eu tinha certeza, e se abraçam, os seus tamanhos misturados por dentro do abraço, e Pedro pergunta se ela quer voltar com ele mas ela acorda antes de responder, abre os olhos ainda com a sensação do sonho, como voltar?, ela teria respondido, se eu nunca cheguei a sair, olha o celular, seis chamadas do Renato, se vira de lado, fecha os olhos e se encolhe mais por dentro do escuro.

Hoje

22:52
Escutando You don't know me, impossível
  não lembrar de vc

22:58
Oi, Mi. Em casa depois de um dia
longo. Está tudo bem com você?

22:58
Sim... Como tão as coisas aí?

22:59
Tudo se ajeitando.

23:09
Terminando de me adaptar à rotina
da universidade. E você?

23:20
Bêbada, neste exato momento. As meninas
  estão lá dentro, no bar
Vim tomar um ar aqui fora
Pra ser sincera escrevi com certeza de que você
  não responderia

23:20
Belíssima noite.
Eu, estatelado no sofá. A vida social
ainda não se intensificou.

23:21
Já, já se ajeitam, Pe
(Tipo uma garrafa lançada ao mar...)
Aqui tá tudo bem. Trabalho ótimo.
    Maluquices à solta

23:23
Muita saudade

23:28
Eu também sinto saudade, Mi.

23:28
Se você tivesse por perto eu ia te encontrar
    imediatamente

23:29
Bem, aproveite sua noite.

23:45
Tô pagando a comanda, vontade de ir embora já
Vai estar por aí logo mais?
Continuar a conversa?

23:46
Estarei.
Me conte dos seus dias, suas leituras.

23:55
No táxi
Fazendo um projeto lindo de uma casa no
    Uruguai
Indo pra lá uma vez ou outra

23:55
Maravilha.
Você tem futuro garantido.

00:12
Lendo contos de uma portuguesa foda
Saga é um conto dos mais lindos que já li,
    vc tem que ler
Vc tb tem futuro garantido
Tô em casa já

00:14
Não conheço.

00:15
Pe
Posso te pedir uma coisa?

00:15
Diga.

00:15
Nem que seja quando a gente for velhinho
Me leva no cinema um dia?

00:16
Levo.
Linda...
Para ver que filme?

00:16
A grande beleza

00:16
Belíssimo filme.

00:17
Foi o filme que não vimos
Eu tinha comprado ingresso pra nós dois

00:19
Não me lembrava.

00:19
Pois é
Eu me lembro
Toda hora eu me lembro
Saudade
Vontade
Muita

00:21
Eu também penso em você.
Sinto vontades... também.

00:22
De longe você tá protegido pra falar essas
coisas, né

00:24
Te beijar, te lamber pedaço a pedaço

00:25
Que delícia.
Muita saudade disso.

00:26
Te sentir quente
Te sentir todo
Te engolir

00:26
Se você visse o que faz comigo.

00:27
Manda uma foto

00:27

00:28
Manda sua também?

00:29
Mi?

00:31
Não posso com isso, Pe
Muitos beijos
Muitos
Boa noite

00:32
Beijos em você também.
Onde você quiser.

Deitada, o quarto escuro iluminado apenas pelo brilho do celular, ela chora diante da fotografia do pau de Pedro.

Antes

Na casa de Pedro havia uma varanda pequena, bem pequena, onde só cabia uma rede e não havia espaço nem para se balançar. Lá embaixo, de noite, não havia ninguém, mas, se Mirela tivesse parado para pensar sobre isso, talvez conseguisse até imaginar o barulho dos estudantes do Mackenzie de manhã e à tarde. O burburinho estaria diminuído pela altura do oitavo andar, mas, por isso mesmo, comporia certa atmosfera de saudade, ela na rede quase parada, as vozes misturadas lá embaixo, dando notícia da existência de vidas anônimas e barulhentas, outras, para as quais ela nem olharia, pois estaria de olhos fechados, provavelmente, porém sem dormir, ou mirando o teto, quase sorridente, sem testemunhas, longe de si, amparada pelas vozes distantes.

Mas Mirela nunca se deitou na rede da varanda de Pedro durante o dia.

A única manhã em que esteve por mais tempo na casa dele foi um domingo, e foi no sofá da sala iluminada em que se deitou e cochilou enquanto Pedro terminava de se arrumar para saírem (ele tinha jogo de basquete e ela, apesar da ressaca, daria uma carona). As outras manhãs, as de dia de semana, eram sempre apressadas, eles só conseguiam desgrudar um do outro na cama quando ela já estava atrasada e mal tinha tempo de tomar café, muito menos de se deixar escutar o barulho das pessoas, lá embaixo, distante.

Naquela noite, Mirela e Pedro se deitaram na rede, cada um com a cabeça para um lado, as pernas entrelaçadas, as mãos dela cruzadas atrás do pescoço e as de Pedro ocupadas em enrolar um cigarro de palha. Ele tinha passado o dia quase todo em casa, contou, começou finalmente a escrever o trabalho para mandar para o congresso internacional ("vamos para a Grécia em maio, Mi?"), saiu só para ir à academia. Mirela não suporta academia, mas nem se lembrou de dizer. Eu trabalhei o dia todo, disse, o projeto da casa de Brasília tá ficando bom, muitas reuniões, e finalmente consegui concentração pra desenhar.

Pedro acendeu o cigarro e eles não disseram nada, a rede se mexendo bem pouco, só pelos movimentos pequenos deles.

Mirela o olhava fumar. De perto era mais bonito — não dava para ver o ombro encurvado, a altura que parecia querer se diminuir, os braços longos demais, excessivos. Mas era parte da timidez, ela pensava enquanto a fumaça do cigarro subia e se espalhava até sumir. Os olhos azuis (ou seriam verdes?) pareciam estar sempre alagados — alguma tristeza que sobrava e não chegava a se derramar para os lados (porque eram caidinhos nas laterais). O cabelo estava comprido, e então escapava das tentativas que ele fazia de arrumá-lo através da risca um pouco para a esquerda, da qual ficava, então, só uma memória capilar. Os lábios finos prendiam o cigarro, e então o largavam para os dedos brancos enquanto a fumaça, de novo, escapava da boca em direção à noite na sacada.

Mirela tirou uma das mãos de detrás da cabeça e, com um gesto, pediu um trago. As mãos de Pedro penderam uma sobre seu peito e outra sobre a perna dela que, depois de tragar, fez menção de devolver o cigarro. Pedro se virou para alcançar um cinzeiro no chão e o estendeu na direção dela, que pousou o cigarro fumado pela metade.

— Tem cerveja? — Mirela perguntou de repente.

Pedro se remexeu até conseguir colocar as pernas para fora e se levantar. A rede balançou um pouco mais com a ausência dele e ela se posicionou na diagonal, encostando os pés na parede. Recolheu-os quando Pedro voltou com uma lata de cerveja, mas ele puxou um banquinho da sala e se sentou no espaço mínimo que a rede deixava sobrar na varanda.

Alguém assoviou lá embaixo. Mais longe, um carro acelerou.

— E pra amanhã, algum plano?

— Estudar, né, Mirela. Nenhuma novidade. Preciso terminar o trabalho do congresso e mandar pro meu orientador ver. Tá me cobrando.

— Eu não vou ter aquela reunião até de noite. Se quiser fazer alguma coisa.

— Vamos ver, não sei. Dá um gole?

Mirela estendeu a cerveja para Pedro, que a tomou e permaneceu com a lata na mão.

— Queria ir no cinema. A gente... a gente nunca foi no cinema junto, né?

— Adoraria, mas tá tenso. Acho difícil conseguir.

Ela estendeu a mão, pedindo a lata. Pedro deu mais um gole antes de colocá-la em sua mão. Levantou e se espreguiçou, enquanto Mirela se sentou na rede para tomar o que restou da cerveja em goladas. Devolveu para ele a lata vazia. Pedro entrou em casa, e ela já estava com as pernas para fora da rede para se levantar quando ele voltou com mais duas latas de cerveja, abriu as duas e ofereceu uma. Ela aceitou, recolhendo de novo as pernas.

— Cinema a gente podia ir era no festival de Tiradentes, hein?

— Eu quero. Quando é?

— Final de janeiro. Vamos? Podemos ir de ônibus, e lá a gente usa meu carro velho.

— Ou a gente pode ir com o meu. Gostoso pegar estrada. A gente alterna a direção. É dia de semana? Preciso avisar no escritório um pouco antes. Mas até lá já vou ter entregado o projeto de Brasília.

— Podemos ficar só o fim de semana. A gente se hospeda na casa da minha vó, São João é pertinho, dá pra passar o dia e voltar.

Ela sorriu, os olhos com uma alegria nova. Pedro contou a que filmes assistiu quando foi ao festival em algum ano. O clima da cidade, a comidinha mineira.

— Já tá tarde — Pedro disse, olhando a hora no celular. — Vou tomar um banho pra deitar.

— Me avisa quando sair, vou deitar com você.

Ela observou Pedro se afastar, mas ele não foi na direção do corredor que dá para os quartos. Virou-se na rede para o lado em que ele estava antes para conseguir vê-lo. Ele entrou na cozinha e, depois de algum tempo, saiu, com algo na mão. Foi até a mesinha da sala, se abaixou, pareceu pegar alguma coisa ali também. Algo se iluminou — ele acendeu um fósforo. Com a outra mão, protegeu o fogo e depois o levou para o que havia trazido da cozinha. Uma vela, ela entendeu. As religiosidades dele. Já tinham conversado disso, Pedro ficou de levá-la no terreiro onde costumava ir, atiçou uma curiosidade antiga. Ela apoiou de novo a cabeça nas mãos cruzadas. Pedro ficou em silêncio alguns instantes e depois estendeu o braço para colocar a vela acesa em cima do armário da sala.

Hoje

Mirela disca. De novo, ninguém atende. Aperta com força o telefone na mão como se pudesse amassá-lo. Pensa, pensa, mas o pensamento parece elétrico, apenas raios se ramificando na tempestade que é sua cabeça desde que Pedro evaporou. Abafa o próprio grito com o rosto agora afundado na almofada. Só se desafoga para ligar pela quarta vez.

Um homem atende, a voz fina e firme, e Mirela respira para conseguir falar. Eu preciso de um... uma consulta, é Márcio, né? Isso, isso. Foi na rua mesmo, num anúncio no poste. Nunca. Só quarta? Não tem antes não? Hm... Quero. Posso, que horas? Anoto. Pode falar. Tá, tá. Em dinheiro, né? Estarei aí, não, não vou atrasar, saio agorinha.

Mirela se levanta do sofá onde estava havia horas, pega a bolsa mas decide lavar o rosto antes de sair. Os olhos vermelhos, inchados, assim como o nariz e a boca, não melhoram de aspecto com a água. Tenta ajeitar o cabelo quando esbarra com a vista no seu próprio olhar. Sente pena de si, sente raiva, os olhos se mirando afiados, julgadores, sente vergonha do que está prestes a fazer, mas o "sua idiota" que diz à própria imagem não a impede de virar de costas para si mesma, pegar dinheiro na gaveta do armário, colocá-lo na bolsa junto com o celular e o endereço e sair.

Uma hora e doze minutos até seu destino, calcula o Waze, mas Mirela não pensa em não ir. O portão da garagem demora horas para abrir. Dirige pelas ruas que conhece, Consolação, centro, vai acompanhando a seta que se move no mapa na tela do seu telefone sobre a linha roxa, o trajeto que, mesmo desconhecido, pode levá-la a Pedro, ou trazê-lo de volta. Marginal, olha de relance o mapa, o telefone apoiado na perna, as duas mãos segurando com força o volante, como se isso a fizesse ter certeza do caminho, ou que o trânsito andasse mais rápido, ou nada, só mesmo ter um lugar onde se apoiar. Sobe um viaduto, nunca esteve ali antes, aperta mais a direção, olha o mapa, a seta que hesita mas lhe indica por onde ir. Aqui é além da linha do metrô, chega a pensar, a distância que percorre sendo a medida do absurdo da situação, e segue. A seta manda sair da avenida para uma das ruas que a cruzam, e ela obedece, sem se dar conta de que não chora desde que saiu de casa, está nervosa demais para isso, com medo, até, a tensão ocupando o espaço que durante semanas fora só de Pedro, de chorar por Pedro, e continua, as ruas agora menores, esburacadas, pessoas andando no asfalto, as casas inacabadas, quase todas de tijolo aparente, mas não como naquele projeto da casa no Sumaré, aqui é por falta de cimento e tinta mesmo. Olha o mapa, a seta, mais hesitante, deixa Mirela desamparada em seu caminho até alcançá-la um pouco depois, as casas agora como que empilhadas, duas, três, umas em cima das outras, rua José Felipe Amaral, ela repete, um mantra, algo que lhe indique o caminho quando a seta emperra, o volante se melando do suor de suas mãos, e, de repente, o percurso roxo no mapa sumiu, não existe mais, Mirela perdida, longe de si, sem saber como seguir, sem saber como voltar, tenta não parar o carro, sente medo de estar sozinha na periferia de São Paulo, busca o histórico de caminhos do mapa, aperta rua José Felipe Amaral, o mapa pensa, pensa, pensa, e nada acontece, desculpe, algo inesperado aconteceu, sim, porra, algo inesperado aconteceu, senão eu não estaria aqui nessa porra deste fim de mundo, Mirela quase chora mas a tensão congela o choro parado nos olhos, seus ombros doem, vou ligar para o cara de novo, olha a bateria do celular, 12%, merda, não trouxe o carregador, olha o tanque de gasolina, um quarto, isso deve dar, pensa, tentativa de alívio, de uma segurança qualquer, Pedro filho da puta, Pedro filho da puta, como se de repente fosse ele e não uma rua que estivesse procurando, ele capaz de sair de uma daquelas casas a qualquer momento, mas a pressa que ele sempre tinha não combina com o andar despreocupado com que as pessoas aqui parecem andar, Pedro não combina com esse lugar, Pedro combina com algum lugar?, volta, Mirela, volta, liga para o cara, antes que acabe a bateria da porra do celular, olha no relógio, tem menos de quinze minutos para chegar no horário marcado, aperta o último número discado, o telefone toca, toca, toca e ninguém atende, porra, Márcio, se você tem algum poder de vidência poderia imaginar que estou na merda, perdida, e preciso de ajuda, caralho, liga de novo, e de novo, e nada, o carro seguindo lento, destacado dos carros mais antigos da periferia, de outro tempo, sobras do passado de outra classe, decide parar, uma mulher, quero perguntar para uma mulher, tem nove minutos para chegar, ali, uma mulher de uns quarenta anos ou mais, parada diante de uma casa, bermuda jeans na altura dos joelhos, a barriga um pouco saliente sob a camiseta vermelha desbotada, o cabelo pintado de loiro amarrado para trás, desacelera rente à calçada, o carro para, o motor ligado, abre o vidro, a mulher já está olhando para o carro, mas sem se mover do lugar, oi, por favor, você conhece a rua José Felipe Amaral?, hein?, diz a mulher, e repete o nome da rua, não conheço não, tá, brigada, Mirela diz, acelerando de novo e fechando o vidro, tenta mais uma vez fazer com que o mapa procure seu destino, liga de novo para o Márcio e cai direto na caixa postal, merda, dá um soco no volante, fecha os olhos puxando com força o ar, e agora?, e agora?, vou perguntar naquele bar, três minutos para chegar, se aproxima, três homens seguram seus copos de cerveja na calçada, está escuro lá dentro do bar então não consegue distinguir se há mais gente, abre o vidro, boa tarde, os homens se aproximam, os copos nas mãos, suados, estou procurando a rua José Felipe Amaral, por favor, é importante, que ridícula, por um instante tem noção de como está sendo ridícula, os homens se entreolham, um deles bêbado demais, os outros dois aparentemente preocupados, compadecidos, ela pensa, esperançosa, começam a confabular entre si, apontando dedos e direções, já deveria estar lá, o relógio diz, seu telefone toca, Mirela se assusta, o Márcio, deve ser o Márcio, mas o visor do celular indica Marieta, porra, que hora para minha irmã ligar, silencia a chamada, os homens seguem discutindo caminhos e o mais bêbado se aproxima do vidro aberto até a metade e diz, a fala pastosa, mal compreensível, que naquelas bandas não existia aquele lugar que ela tava procurando não, caralho, caralho, e agora?, liga para o Márcio de novo, nada, eu sou uma imbecil, que trouxa que eu sou, continua dirigindo lentamente, mas não há mais placas indicando o nome das ruas, onde está?, que lugar é esse em que foi parar, tão longe do seu mundo, tão longe de si?, o telefone toca de novo, de novo a irmã, silencia, 7% de bateria, e agora, como sair daqui, como voltar?, já desistiu de chegar até o endereço dado pelo vidente que prometia Pedro de volta num cartaz da rua, ridícula, se diz novamente, como se isso pudesse fazer da situação em que está apenas ridícula e não perigosa, preciso de uma rua grande, de uma avenida, as casas agora mais incompletas, mais empilhadas, pouca gente na rua, o céu começando a mudar de cor, meu deus, imagina se escurece e eu tô aqui, o fiapo de desespero se alargando, respira, respira, outro bar, vou perguntar aqui, duas pessoas de pé de um lado, três do outro, todas com seus copos de cerveja na mão, já estão os cinco olhando para o carro antes mesmo de ele se aproximar pela rua, lá dentro um atendente no balcão e outro homem de pé, virado para fora, Mirela abre o vidro, todos se aproximam do carro, ela sente medo, sente mais medo do que já estava sentindo, um dos homens apoia a mão no carro, oi, por favor, eu... eu me perdi, Mirela diz, a voz trêmula, como faço para voltar pro centro?, um dos homens gargalha, Mirela segura o choro, outro, de uns cinquenta anos, camiseta azul esgarçada e calça jeans, a cara avermelhada pelo calor ou pelo álcool, parece se apiedar do medo que deve estar nítido na cara daquela menina metida a besta, faz assim, ó, ele diz, e começa a explicar, Mirela usando todas as forças para visualizar o caminho que o homem indica, segue por aqui, vira à esquerda depois de oito ruas, aí você vai ver uma igreja, continua indo, e depois do mercado você pega a direita, no final da rua vai bifurcar e você pega de novo a direita e segue que você vai chegar na avenida Miguel Achiole, e de lá é só seguir as placas pra onde você tá procurando, Mirela agradece, a voz ainda hesitante, e, sem pensar, assim que o outro homem desencosta do carro, pergunta: e a rua José Felipe Amaral, você conhece?, mas o homem de camiseta azul parece não ter ouvido e já se afasta do carro, eles riem, os cinco, dizendo coisas que Mirela não consegue distinguir, e acelera de novo, agora mais rápido.

Antes (ou uma noite)

Teve um dia em que foram ao teatro. Mirela sempre tinha ingressos para peças e espetáculos a que nunca assistiria, o escritório ganhava de clientes ou parceiros, vai que é bom, ela dizia, e às vezes era. Convidou Pedro já avisando: não conheço a peça, não tenho ideia do que seja, quer arriscar?, quero sim, ele disse, de graça até injeção na testa, e acompanhado de você não tem como ser ruim. Mirela achou graça, ele às vezes parecia um tio velho que falava frases feitas, mas se no tio as frases a irritariam, nele pareciam dizer de um deslocamento, de uma constante falta de traquejo social que emprestava uma fragilidade até atraente.

Foram de ônibus, o carro de Mirela estava na revisão, iriam para Minas na semana seguinte e, antes de viajar, ela costumava deixar tudo em ordem. O ônibus estava cheio, foram em pé no corredor perto da porta de saída. Era fim de tarde de terça e o trânsito da cidade estava caótico, mesmo sendo janeiro. Entre ceder espaço a uma e outra pessoa, Mirela questionava os aplicativos de trânsito. Se sempre sugerem o melhor caminho em um determinado momento, no instante seguinte aquele trajeto já será o pior, todos irão por ali e o congestionarão, não faz sentido, e Pedro sorriu, é com esse tipo de problema que nós da ciência política nos ocupamos. Ela se sentiu inteligente diante dele, sentiu-se bem, esforçou-se para não sorrir, não queria parecer uma garotinha satisfeita com a aprovação do professor. Um assento vagou ao lado deles, mas nenhum dos dois quis se sentar.

A peça era ruim, mas eles não ligaram. Pelo menos não Mirela, estava com Pedro, ao lado dele, bem perto, era o que bastava, e qualquer enredo que não fosse o da própria vida seria menos interessante, não queria nem por um minuto sair de si. Quando terminou, antes de se separarem para ir ao banheiro, encontraram uma amiga dela. Lídia, este é o Pedro, e Mirela gostaria de poder dizer: "meu namorado", mas interrompeu a apresentação no nome, só questão de tempo, calma, pensou, o que você achou da peça?, Lídia não gostou, Pedro não disse nada. Depois de fazer xixi, confirmou no espelho que estava bonita, estava linda, estava feliz. Voltou para o saguão do teatro, ainda cheio, diversos grupos de pessoas conversando, e Pedro ainda não havia saído do banheiro. Encostou numa parede, olhando ao redor, procurando o homem loiro vestido de camiseta vermelha, e por um instante se questionou o que faria se ele tivesse ido embora, deixando-a sozinha ali, ela e sua felicidade murcha. Seu olhar tornou-se mais inquieto, aflito, quase febril, lembrou-se do medo que tinha, quando criança, de ir ao banheiro nas paradas de estrada por achar que os pais poderiam deixá-la, sozinha e perdida, abandonada no meio do nada, e quando avistou Pedro vindo do café, notou seu jeito de andar, desengonçado, como um corpo grande demais para um dentro pequeno. Nunca tinha percebido como ele era desajeitado, aliás, tinha percebido sim, mas não que isso tinha a chance de torná-lo feio, que ele talvez não fosse tão bonito quanto ela costumava ver. Pedro: por um segundo, ele virou um estranho. É assim que o mundo o vê? Mas o estranhamento não era muito se comparado ao alívio de tê-lo enfim encontrado, ele não foi embora, claro que não, e caminhava em sua direção, mais próximo, mais próximo, vai ver o amor é isso, ver de perto apenas.

De lá, foram a um bar, e enquanto Pedro tentava um espaço no balcão abarrotado para pedir duas cervejas, Mirela o observava e agora admirava seu desjeito, como se aquela característica, apesar de feia, ou justamente por isso, o tornasse mais amável, mais dela, gostar de alguém perfeito seria fácil, afinal, ou justamente o oposto: é só dos defeitos que se pode gostar de verdade. Ele pareceu não entender a intensidade do abraço que recebeu ao se aproximar com uma cerveja em cada mão.

Hoje

No Facebook, Mirela lê a publicação de um amigo cuja gata sumira havia semanas. Anúncios com a descrição do animal (olhos azuis, pelo branco, tosado mas com o rabo peludo), rondas pela vizinhança a pé ou de carro, idas a canis, promessas de recompensa — e nada. Um dia, uma desconhecida telefonou. Havia lido o anúncio. Disse para que o dono da gata se posicionasse inteiro embaixo de uma mesa e gritasse, com toda a força, o nome da bichana, ao mesmo tempo que mentalizasse sua presença. A gata apareceria. No post, o amigo dizia que, já não tendo nada a perder, resolveu experimentar aquela maluquice. E que, uns quarenta minutos depois, a Elis voltou.

Pedro não era um bicho, mas talvez adiantasse. Pensando nos vizinhos, pensando que sua mesa era pequena e que ela não caberia inteira embaixo, pensando que, afinal de contas, não custava nada, Mirela se ajeita debaixo da mesa da cozinha, fecha os olhos, puxa o ar e, com toda a força, grita.

Pedro.

A ida frustrada ao homem que prometia a volta da pessoa amada deixa a sensação de que ainda não fez tudo. Não colocou todas as fichas na mesa. Chega a pensar (um instante apenas) que hesita em ir novamente não por bom senso, mas porque não quer esgotar, não ainda, todas as suas possibilidades.

E ainda tem os livros. Pedro não pegou os dois livros que estão com ela (os dois sobre os orixás; Mirela havia começado a se interessar pelo assunto um pouco antes de conhecer Pedro, e ele gostar da umbanda pareceu um sinal quase místico de que precisava se aprofundar), e nem devolveu os que tinha pegado emprestado. Será que ele está lendo? A presença dos livros de Pedro em sua casa: a esperança, quase certeza, de que aquele equívoco, aquele enredo tortuoso, chegaria em algum momento, cedo ou tarde, ao final que sempre deveria ter tido.

Um dia — fazia quarenta desde o sumiço de Pedro — Mirela escuta uma conversa entre duas funcionárias do escritório sobre um homem que lia búzios. Estica a orelha, se aproxima, mostra interesse, e fica sabendo que o Mauro acertou todas as previsões que fez para a Cris, até as mais improváveis, e fez uns trabalhos para resolver pendências que atravancavam o caminho afetivo dela. Eu quero o telefone dele, diz. É longe?

Não era tão longe, e ele atende o telefone depois de poucos toques. Consegue agendar para o dia seguinte — eu consigo esperar até amanhã, se escuta dizer, um pouco surpresa, ao homem do outro lado da linha.

Dorme bem, e não se lembra do seu sonho ao despertar.

No escritório, avisa que precisará sair mais cedo para uma consulta médica, e o dia transcorre devagar, enguiçado pela ansiedade que é como uma cor de tempo que as coisas todas têm e que as faz passarem mais lentas, beirarem a eternidade a cada instante, mas caírem, enfim, nas garras das horas. Perto das três, Mirela se despede, tranquiliza os colegas dizendo que é só uma consulta de rotina, e sai. O carregador do celular, o endereço, o tanque de gasolina quase cheio — garantias de que tudo, tudo daria certo.

Mirela está quase feliz.

O caminho até o homem que lê búzios é tranquilo, chega na casa de número 121 na rua Boa Esperança e estaciona alguns metros mais para a frente. Anda de volta alguns passos diante do muro amarelo e toca a campainha. Um senhor vem abrir a porta, explicando que o Mauro já vai atendê-la. Há um casal sentado, parecem aguardar; Mirela sorri, acena com a cabeça e se senta no sofá do outro lado da sala. As janelas grandes deixam entrar bastante luz, mas Mirela não consegue evitar o pensamento, tentando no mesmo instante varrê-lo, de que são horríveis essas janelas abobadadas — como se, naquela casa, o que passasse em sua cabeça pudesse ser escutado. Móveis baratos, mas até que ajeitados, e a casa é grande; antes de entrar havia reparado que é a maior da vizinhança. O casal está em silêncio, ele com o braço no ombro dela. Menos de dez minutos depois, Mirela escuta o soar de sapatos aumentando degrau a degrau, vindo de uma escada à sua direita. O senhor, que havia sumido, reaparece e troca algumas palavras com a mulher que acaba de descer. Ela sai da casa, e o homem do casal é chamado a subir.

Mirela olha o relógio, tira o livro que está lendo da bolsa e abre na página marcada, mas seus olhos percorrem as linhas, e as palavras agora são trampolins para outras direções. "Ele estava lá no barco, na foto, e eu olhava em sua direção, mas ele não estava mais no barco: eu estivera naquele barco no dia anterior e sabia que ele não estava lá", leu na página 24, o trampolim agora impulsionado por certa amargura. Mirela imagina a fotografia do barco de cor sépia, cor de nostalgia. Mas não houve barco algum, não na sua história, não na sua história que não chegou a ser. Quando uma história pode terminar em paz, tendo se cumprido? Pedro e Mirela nunca viajaram, essa é a pior saudade, conclui, um resquício de satisfação pela descoberta tentando encobrir a dor da própria descoberta. Mas a tristeza maior não é essa, continua, vasculhando seus adentros: até da possibilidade dessa lembrança doída ele lhe privou, porque não houve fotos. Pedro sempre fugia das fotos que Mirela tentava tirar, que esquivo ele era, sempre, que covarde; até com aquele croata na viagem ano passado tirou um monte de fotos, como se fossem um casal antigo e não dois quase estranhos que se sentiram atraídos um pelo outro; e com Pedro, nada, nada de fotos. Deve haver alguma, ela insiste, cutucando a memória; lembra da foto no samba aquela tarde de sábado, ensolarada, vestida de branco, o sorriso feliz. Pedro também estava lá, mas não saiu na foto; ela poderia até dizer onde ele estava no instante em que a foto foi tirada, um pouco mais para a esquerda: consegue imaginá-lo segurando o copo de cerveja pequeno para todo o seu tamanho, o braço dobrado, aproximando a bebida do corpo, e, de tempos em tempos, da boca. Tem também a foto do dia do amigo-secreto do trabalho; ele ainda não havia chegado, mas a felicidade de sua presença iminente já estava no rosto iluminado pelo vestido laranja enquanto olhava para a câmera do telefone de alguém. Buscando mais na memória, lembra da foto ao lado da amiga que foi almoçar em sua casa, saiu bem, se sentiu satisfeita porque a postaria em alguma rede social e Pedro a veria bela; passara o almoço contando dele para a amiga que mora fora e estava de visita, e então sorria. Mas era só através dela que Pedro estava presente em cada foto daqueles meses. Nenhuma fotografia do rosto fino, do sorriso que sempre se escondia por detrás do bigode, os olhos então mais caídos para os lados. De Mirela havia muitas fotos nos dias felizes, e quanto mais largo seu sorriso, quanto mais visível o brilho contente — e ingênuo e idiota — nos olhos, maior a dor que sente agora ao lembrá-los.

O som dos passos na escada a faz recolher os pensamentos, avisando que o homem cuja acompanhante continua à sua frente está descendo. A mulher sentada no sofá se levanta e vai até ele. O senhor os acompanha até a porta.

Mirela fecha o livro. O senhor a chama, pede que pague a ele a consulta e a direciona até a escada. Degrau a degrau, a respiração curta. Lá em cima, um homem mais jovem, baixo, quase pálido — Mauro —, a cumprimenta. Entram em um pequeno quarto sem janelas, onde, no centro, há uma mesa retangular com duas cadeiras, uma de cada lado, e em volta, nas paredes, estátuas e máscaras de algum lugar da África, de diferentes tamanhos. Mirela se sente bem, sente-se de alguma forma acolhida por aquelas imagens tão pouco familiares, como se para aquela dor que a distancia tanto dela mesma só algo estranho pudesse servir de amparo.

Mirela se senta de um lado da mesa, Mauro se senta do outro. Ele é tão comum, não imaginaria que um homem normal pudesse ter poderes de vidência. Um fiapo de desconfiança se insinua em sua percepção, mas ela o afasta: precisa dessa esperança. Além disso, Pedro acreditaria. Diz seu nome completo e a data de nascimento. Respira fundo. Mauro posiciona no centro da mesa um cesto raso de vime, coloca ali muitos búzios, um mais escuro afastado dos mais claros, e começa a falar em uma língua estranha, da qual Mirela não consegue distinguir uma palavra. Às vezes, ele recolhe os búzios nas mãos e os aproxima de si, os olhos fechados, a cabeça baixa, concentrado, sempre falando naquela língua, como se conversando com alguém. Mirela observa, ao mesmo tempo atenta e ansiosa, mas de uma ansiedade quase calma, de tão congruente com a situação. A conversa na língua estranha continua, e Mirela se acomoda mais para trás na cadeira, tentando encontrar uma posição que não delate a ela mesma sua tensão. Fecha os olhos, escutando os sons que Mauro profere, e se esforça para manter a imagem de Pedro na mente, afinal de contas, isso deve ajudar. Mas ele escapa; o rosto que conhece tão bem, os detalhes nos quais reparou tão de perto, fogem da sua memória quase à mesma medida que ele foge da sua vida. Insiste, busca momentos, posições em que ele costumava ficar, expressões; lembra do dia em que, chegando de um jogo de basquete, Pedro a puxou levemente para que se sentasse no chão diante dele, se aproximou até a contornar com as pernas, e assim, bem de perto, com os braços às vezes gesticulando, às vezes apoiado no piso, contou detalhes do jogo que seu time havia acabado de ganhar. Ele parecia tão feliz.

Corte esse baralho e depois esse, a voz de Mauro, agora em português, interrompe; Mirela fecha os olhos, tenta de novo buscar a imagem de Pedro, como se fizesse força para isso, uma força física; separa ambos os baralhos em dois, um de cada vez; e espera. Mauro distribui as cartas em círculo, em volta da cesta de vime, três em cada posição, uma em cima da outra. Depois, junta os búzios espalhados na cesta com as mãos e os atira de novo. Repete isso algumas vezes, anotando a cada vez em um caderno ao lado algo que Mirela não consegue enxergar e, mesmo que conseguisse, não poderia compreender. Ele então começa a falar. Que Mirela está passando por um momento de muita angústia. Que sua ansiedade vem de uma sensação de abandono. Que essa ansiedade a está atrapalhando, dificultando que conquiste seus objetivos. Que há alguém presente desde vidas passadas, um homem do signo de libra, aquário ou gêmeos. Que suas relações, se ela não fizer um trabalho espiritual intenso e dedicado, durarão sempre três dias, três semanas ou três meses. Que haverá um homem vindo do estrangeiro, ou de sobrenome estrangeiro. (Ela conclui ali mesmo que o sobrenome de Pedro, apesar de abrasileirado, é de origem italiana.) Que na lua nova ela terá boas notícias. Que no trabalho haverá um momento de turbulência e se resolverá com paciência e criatividade. Que ela precisará visitar uma mulher no hospital, mas a situação terminará bem. Que ela viverá um triângulo amoroso. Que em breve precisará resolver questões de contrato. De advogado. De aluguel. Que isso. Que aquilo. Que. Que. Que.

Você tem alguma pergunta?

O Pedro vai voltar?

Mauro recolhe de novo os búzios, chacoalha-os dentro das mãos em concha, diz algo na tal língua e joga-os no cesto. Mirela percebe que se esforça para não chorar. Sim. Vocês têm tudo para se reconciliar. Será na lua nova. Boas notícias. Vocês terão uma conexão que não terminará nunca. Você precisa fazer um trabalho para Ogum.

Mirela está satisfeita, já não quer saber mais nada, mas Mauro fala ainda outras coisas. Agradece e desce as escadas cheia, abarrotada de esperança: tem certeza, agora, mais ainda que a alimentada por sua perplexidade, de que Pedro vai voltar. Sim, o equívoco vai ser desfeito, e é só questão de tempo.

Sorri ao bater o portão da casa.

Hoje

Num fim de tarde chuvoso, ao chegar em casa ensopada (havia decidido ir de bicicleta para o trabalho), três meses depois de ter visto Pedro pela última vez, Mirela encontra, ao abrir o Facebook, entre as solicitações de amizade, uma de Eneidina Franchesconi.

Mirela clica no nome, será mesmo ela?, sim, parece que sim, nunca a viu pessoalmente, mas a foto escura mostra, mais para o lado direito do enquadramento, uma mulher idosa, sorrindo, os cabelos curtos tingidos de loiro escuro, a parte de cima do que parece ser um vestido cinza, dona Eneidina, a avó de Pedro.

Pingando, molhando o piso, Mirela clica no botão "aceitar" e percorre o perfil de dona Eneidina, buscando fotos de Pedro. Há apenas duas fotos além da de perfil, uma de um cachorro na rua — provavelmente a rua em que ela mora, em São João del-Rei, a rua em que Pedro morou, Mirela imagina, olhando o calçamento de paralelepípedos — e outra em que a avó abraça Pedro e o irmão dele, no meio dos dois, usando a mesma roupa que na foto de perfil. Pedro veste uma camiseta preta e olha para a foto sorrindo, os olhos esmagados pelo sorriso, mal se conseguindo distinguir o azul, também porque essa foto, como as outras, está escura.

Então Pedro falou dela para a avó. Só pode ser, por que outro motivo uma senhora daquela idade solicitaria sua amizade sem nunca a ter visto? Decide não escrever para Pedro, em algum momento ele vai saber que Mirela e sua avó são amigas de Facebook, precisa ser simpática, ser muito simpática e acolhedora, caso ela venha a interagir.

Mais tarde naquela mesma noite, chega uma mensagem: Eneidina Franchesconi quer jogar Candy Crush com você. Mirela nunca gostou de jogos virtuais, nunca jogou Candy Crush, mas aceita o convite, contente, imaginando dona Eneidina do outro lado da tela, a quilômetros de distância, na casa onde Pedro cresceu. Jogam uma vez, jogam outra, e mais outra — e não é que é gostoso mesmo jogar esse troço? —, jogam mais e mais partidas, na maior parte delas dona Eneidina ganha, até que, duas horas e quatro minutos depois, a avó de Pedro fica offline. Já passa das onze horas, Mirela está elétrica, pega um livro, faz um chá para diminuir o ritmo e tentar dormir.

Na manhã seguinte, no computador do trabalho, Mirela recebe novo aviso de que Eneidina Franchesconi quer jogar Candy Crush. Olha a hora na tela, faz cálculos mentais — está para entregar um projeto, trabalhar esta manhã seria importante, mas não será tão catastrófico assim sacrificar um tempinho para jogar com dona Eneidina — e aceita o pedido da senhora. Começam uma partida. Dona Eneidina ganha. Mais uma. Outra. Outra. E outra. Mirela checa o relógio. Precisa parar, mas não tem coragem de dizer não a dona Eneidina, e ela sempre quer jogar mais. Só mais essa, quem sabe ela não se cansa depois. Só mais essa então. Só mais uma, e depois Mirela vai parar. Mas imagina dona Eneidina decepcionada do outro lado da tela, e precisa manter uma boa imagem com a avó de Pedro. Não consegue parar. E dona Eneidina é incansável.

Se assusta quando toca o telefone da sala. Precisa atender, mas está no final da partida, a dona Eneidina perceberia e talvez a achasse pouco disponível. Deixa tocar. Depois de alguns minutos, o telefone toca de novo. Irrita-se com isso, o que aconteceria se ela parasse? E a dona Eneidina, que não para nem para ir ao banheiro? O telefone silencia. Se tocar de novo, vai escrever uma mensagem a dona Eneidina se desculpando, mas que precisa parar.

O telefone não toca de novo, mas logo escuta batidas na porta, que se abre em seguida, revelando Alzira, sua colega de trabalho.

— Mirela, o Márcio está tentando falar com você. Não escutou o telefone tocando?

— Escutei, mas não pude atender — Mirela responde, sem tirar os olhos da tela.

— O que você tá fazendo? O que é isso, tá jogando?

— Alzira, agora não posso falar. Depois eu explico.

— Tá doida, Mirela? Você não tem que entregar hoje o projeto de Lima?

Mirela não pode parar, não pode frustrar dona Eneidina, não consegue nem tirar os olhos da tela para responder, se sente encurralada, sem opções, sem saída, e só não se sente pior porque algo assim é completamente inédito em sua trajetória profissional.

Alzira fecha a porta aparentemente perplexa — Mirela vê com o rabo do olho e completa a expressão da colega com a imaginação, suspira e se concentra novamente no Candy Crush que joga há três horas.

Antes

O restaurante era caro demais para uma comida mediana, mas eles não pareciam se importar. Talvez Mirela se importasse um pouco, não pela comida em si ou pelo dinheiro, mas por ter sido quem fez o convite, que se tornava, então, uma espécie de extensão sua, algo de que se envergonhar. Percebeu, porém, observando enquanto Pedro se dirigia à porta do restaurante, que ele falava de outros assuntos como se o jantar nem houvesse existido. Talvez ele quisesse também, apenas, sim, a sua companhia.

Vamos voltar a pé?, Pedro sugeriu. Sim, vamos a pé, e aquilo era uma promessa de falar e caminhar, de mais tempo ao lado dele, que Mirela sempre gostava de aceitar.

Um ao lado do outro, então, caminharam com as mãos soltas, falando e rindo, por uns trinta minutos, e sem que combinassem previamente se sentaram num bar de esquina, um ao lado do outro (ou seria um diante do outro?). Pediram uma cerveja para compartilhar e brindaram sem palavras, o olhar de Pedro respondendo ao de Mirela que, no entanto, não o desafiava, apenas admirava. A cabeça dela se inclinou só um pouco, o suficiente para um pequeno gole, talvez porque não tivesse muita sede, ou porque preferisse mirá-lo; do outro lado, ele apontava o queixo para cima para acompanhar o anguloso movimento que seu braço imprimia ao copo, mas ainda assim olhava para baixo, quase vesgo, sustentando o olhar iniciado com o brinde.

Mirela suspira. Fazia quanto tempo, aquilo? Uns dois anos ou mais. Olha ao redor, repara nas outras mulheres na sala de espera, duas delas com a barriga já proeminente. Fecha a revista que não estava lendo e não tem tempo de escolher outra — é sua vez na consulta.

Hoje

Mirela tem duas semanas para enviar um projeto no prazo, mas ainda não conseguiu encontrar algumas soluções. É sábado, recusou um almoço com a família de Rui para adiantar o trabalho. Parada diante do computador, passa os olhos pelo que já fez sem conseguir se concentrar muito. Paga uma conta, dá uma olhada nuns produtos em promoção, volta para o projeto, desanima. Entra no Facebook, rola a página, sem se fixar em nenhuma atualização, nada de interessante, nada de interessante nunca, as últimas notícias, o Carnaval que passou, uma amiga que começou a fabricar queijos numa cidade pequena de Minas Gerais — Minas Gerais — e de repente se vê acessando seu perfil falso para olhar a página de Pedro. Há meses não a vê, qual era mesmo a senha?, acerta na segunda tentativa. Por alguns meses, ano passado, pôde acessar a página de Pedro usando seu perfil verdadeiro, mas desde o último bloqueio — ao que parece, já passado tanto tempo, definitivo —, depois de uma série de mensagens bêbadas madrugada adentro, só como Joanna Romma. Melhor assim, melhor não poder vê-lo tão facilmente.

Só há ele no histórico de buscas, a página carrega e lá está aquele rosto tão conhecido, tão distante, enorme. O tempo não alterou a película invisível de intimidade: o cabelo, os olhos, o nariz, o sorriso quase escapando da boca fechada, cada traço confirma a memória longínqua e a faz de novo recente e fresca. Mantém o olhar sobre a imagem ainda por um tempo como se dela esperasse sair voz ou gesto, e a imobilidade daquele rosto e o fato de conhecer cada centímetro dele agudizam a distância que já não doía, uma distância de novo estranha. Fecha a aba do Facebook, arrependida.

Solta o ar, gira na cadeira em direção à janela, se levanta para fazer um chá. Como é fácil cair em certas armadilhas. O que é mais absurdo, a distância entre ela e Pedro ou essa pergunta ainda existir? Como é possível haver consequências tão diferentes para uma só relação? Era só uma?

Talvez não. Caminhando até a cozinha, pensa que talvez tenham, ela e Pedro, vivido apenas um começo, estado apenas numa antessala de relacionamento onde Mirela sozinha se esparramou acreditando ser a casa inteira.

Coloca água numa chaleira, aperta duas vezes a ignição do fogão para conseguir acendê-lo. Ou não. Ou estavam ambos ali, juntos, apoiando-se um no outro como em qualquer relação e ele se retirou, simplesmente saiu, fazendo-a perder o equilíbrio e cair.

Não sabe. Não tem como saber. Observa as bolhas pequenas subindo da água que começa a esquentar. Ainda ama Pedro? Se envergonha da própria pergunta, amor é uma palavra brega. Mesmo assim. Seria possível amá-lo ainda depois de quase dois anos ou qualquer sentimento só pode ser uma invenção? As bolhas ficam maiores e começam a explodir na superfície da água. Talvez o tenha amado sim, lá atrás, quando estiveram juntos, mas depois, depois não. Ou será que nunca chegou de fato a amá-lo e seu gostar, ainda embrionário, comum, então do tamanho certo, se expandiu a partir do vácuo súbito da ausência dele, assim como as leis da física?

Existe diferença entre gostar e amar, como num espectro? Estaria feliz com ele?

Tenta resgatar a imagem do rosto de Pedro na memória. Os traços não se fixam, escapam feito fumaça. Recorre à foto que acabou de ver no computador, faz certo esforço para retê-la na mente, consegue, consegue. Mas é a memória da foto, estática, indireta, não do rosto de Pedro. Suas lembranças com ele já não existem mais, substituídas pelos fragmentos insuficientes obtidos através de sua busca frenética, a memória sendo então daquela procura insana por Pedro, ou seja, dela mesma. A única coisa que sobrou dos dois: a ausência dele, aquele nada que Mirela se acostumou a buscar como se fosse um resquício de Pedro, mesmo sabendo em algum lugar que não é. E a própria busca.

Ele escapou. Mas e se voltasse? Estaria de fato feliz com ele? Perderia a busca.

Desliga o fogo, entorna devagar a água quente sobre a xícara de chá.

E Rui é um cara muito mais legal.

Hoje

Mirela molha o rosto no banheiro. Vê a maquiagem escorrer debaixo dos olhos. É só maquiagem. Pega um papel-toalha e limpa repetidamente o preto acumulado no lugar das olheiras. Está calor, muito calor, as coisas escorrem, e Mirela parece, se olhando no espelho, entender alguma coisa, a música abafada pela porta fechada. O que entendeu, afinal?, se pergunta enquanto ajeita o cabelo, mas aquilo escapa, há algo que escapa. Alguém bate na porta, demorou tanto assim?, Rui está lá fora, precisa voltar, o mundo bate à porta na batida dos nós de alguma mão e na batida da música que, quando a porta enfim se abre, irrompe, aumenta, exagera. Tudo se move, as luzes, as sombras, que são as pessoas e apenas por instantes se deixam iluminar, braços levantados, rodopios, Mirela observa, como se algum daqueles braços fosse seu, e tantas vezes foi; tudo se move, menos Rui, que a espera no mesmo lugar e sorri um pouco quando a vê, e então, rimando com aquele entendimento que escapou diante do espelho, no banheiro, ele de repente era lindo, e Mirela vai intensa na direção da boca dele, sem se importar com que ele não entenda nada, afinal, quase nunca demonstrou algum afeto ou iniciou algum carinho nos meses em que estiveram juntos, sem se importar com nada, somente com beijá-lo, e então dançam e toca "Ela", na voz do Gil, uma música tão feliz que, impossível não lembrar, estava na seleção das músicas preferidas que deu a Pedro no Natal de dois anos atrás. Abraça Rui, como se ele a pudesse salvar da lembrança, como se ele a pudesse ancorar no instante. Ele retribui, mas já algo diferente acontece: Pedro está ali, seu fantasma, na música mais linda da noite, uma lembrança que lhe sorri triste, de longe, dos acordes mais fundos.

Quer ir embora?, Rui pergunta. Mirela quase responde que sim, mas se interrompe, minha música, musa única, mulher, porque agora há pouco algo foi compreendido; decide ficar, a música acaba, mas depois vem outra, e outra, e ficam até que amanhece.

Quando Mirela acorda, Rui não está na cama; levanta-se e o encontra na sala, lendo jornal, de bermuda, descalço, ainda lindo como ontem. A mesa do café está posta. Ele pergunta se ela prefere pão com manteiga ou um sanduíche. Pedro faria a mesma pergunta, Mirela observa seu pensamento pensar, sem controle, como alguém que observa um avião fazendo malabarismos no céu.

No caminho para casa — recusa a carona, quer caminhar um pouco —, decide passar pela rua cheia de árvores que dá para a praça. Estão montando outra exposição de fotos; fazia tempo, desde a última. Foi na época em que Mirela inventou de correr para se exercitar, e dava voltas e voltas no quarteirão ultrapassando ou sendo ultrapassada pelas pessoas que também corriam. Na praça da biblioteca, ao lado da casa de Pedro, havia também fotos da mesma exposição espalhada pela cidade; a primeira que se via era a de um menino loiro, parecido com Pedro criança, segundo ele mesmo dizia. Mirela sente vontade de correr em volta da praça, mas está de salto alto, está de saia, com a roupa de ontem; decide correr mesmo assim, tira os sapatos e os segura um em cada mão, e corre, mais devagar que os que vestem tênis no começo da tarde de domingo. As pessoas a ultrapassam ou vêm da outra direção, matinais, embora já passasse do meio-dia, portadoras de uma paz ofegante. Começa a reconhecer e antecipar a passagem dos corredores, seus pés descalços doloridos, mas firmes, as pessoas e seus tênis; o homem que olha para o chão; a menina que corre conversando com a amiga; o senhor que caminha a passos rápidos; as pessoas. A paz ofegante, a tarde de domingo. O suor. Na sexta volta, se lembra da compreensão repentina na frente do espelho na noite anterior: a esperança.

Em algum momento, há que se matá-la.

Pedro,

Já faz tanto tempo.

Não entendo essa minha vontade de te escrever, nem por que obedeço a ela; talvez por uma renúncia mesmo, uma total falta de artifícios, de esperança de te reconquistar — não se reconquista o que nunca se teve, né, e então posso escrever o que quiser, como se fosse pra mim: já não faz diferença. Talvez por um exercício de leveza, justo com você, com quem a conversa e o silêncio a partir da sua ausência sempre foram tão pesados. Ou talvez por um querer que você saiba de mim, só por eu querer saber de você.

Ainda.

Está tudo bem. Ganhei outro concurso com um projeto de uma casa, uma casa bem maluca — e a ideia surgiu, preciso te confessar, em um sonho com você. Eles ainda acontecem, os sonhos; devem ser nossos resquícios, e cabe a mim, inventora da nossa história inexistente, guardá-los, ou escondê-los de mim, até que escapem sei lá por qual buraco mal tapado da minha vida, e então você aparece nas minhas noites, nas situações mais absurdas, ou aparecemos juntos, e então dói, como se a relação que não existiu fosse sempre melhor que a real, que a que vivo hoje, que é, afinal de contas, defeituosa, deteriorada pelos dias, pelas horas comuns, enferrujada pelo tempo que passa. Mas está tudo bem, e a casa que surgiu do sonho é inteira aberta, os ambientes quase todos interconectados a não ser por um andar e outro, mas mesmo assim, de cima se pode enxergar embaixo e vice-versa, e, de dentro, se pode ver lá fora, e a sala é simplesmente um grande recuo num espaço sem paredes, e o tempo, a passagem do tempo, as estações podem entrar por esse vazio, essa abertura, e tudo isso me veio primeiro em um sonho em que te esperava e precisava ver você chegar.

Outro dia assisti a um filme, um documentário sobre a Janis Joplin, você viu? Ela dizia algo que me tocou, não lembro exatamente as palavras. Ela falava sobre o relacionamento com um cara que tinha conhecido aqui no Brasil, um americano, se não me engano, e acho que foi o relacionamento mais intenso, ou pelo menos o mais duradouro, da vida dela, e nós sabemos especialmente, né, Pedro, ou pelo menos eu sei, que duração e intensidade não são variáveis interligadas, e o cara de repente some, vai embora, vai viajar, e com a dor disso ela escreve "Cry Baby", e o que ela dizia que me tocou era algo como: ele não conseguiu dar o que havia prometido. Se você perguntar o que isso tem a ver com nossa história, ou com nossa quase história, te respondo que responsabiliza também quem vai embora; tantas vezes eu me vi fazendo um papel estranho a mim, tantas vezes eu me vi sem controle; mas o descontrole é o que sobra de uma ligação quando o outro age como se ela nunca tivesse existido. Todos têm o direito de desistir a qualquer hora, todos podem retirar suas promessas. Mas isso é diferente de fingir que não foram feitas.

Mas enfim.

Já passou.

Já passou, acho.

Já passou o que é possível passar, porque tem coisas, entendi ao longo do tempo, que não passam nunca.

Os restos.

O amor envernizado pelo nunca.

Espero que você esteja bem. E que de vez em quando se lembre de mim quando escutar uma música, ou num instante de silêncio.

Hoje (e se)

— Pode subir.

Mirela coloca o interfone de volta no gancho. Olha ao redor na cozinha: tudo em ordem, exceto por dois copos em cima da pia, que — percebe num pensamento ínfimo — fazem parte da ordem. Na sala, recolhe um casaco e um cachecol apoiados no encosto de uma cadeira e os sapatos e meias do chão, ao lado do sofá. Junta o jornal espalhado e o coloca em cima da mesa. Leva a roupa até o quarto.

Finalmente ele vem até sua casa, pensa, indo na direção do banheiro. Já faz tempo — um, dois, quase três meses, conta enquanto ajeita de novo o cabelo na frente do espelho. Nota uma mancha na blusa, na altura do ombro. O que será?

A campainha toca.

Não está nervosa. Deveria estar? Pisa descalça o chão de sua casa até a porta. Abre.

Ele sorri curto, mais com os olhos, a boca fechada tentando esconder. Uma garrafa de vinho na mão esquerda. Ela beija o sorriso, segura sua mão e o traz para dentro. Rui.

Cinema, casa, tanto faz. Está frio. Deixa eu abrir este vinho. Não tem muito o que comer, podemos pedir alguma coisa. Tanto faz. Quer ficar descalço? Vamos tomar vinho e nos esquentar. Música? Qualquer uma, assim de fundo. Que bonito você tá. Sorriso escondido de novo. Os olhos dele brilham. Os dela também? Com Pedro deviam brilhar. Com certeza. Deixa eu tomar mais vinho. Virando o vinho desse jeito você vai ficar bêbada muito rápido, Mirela. Vamos preparar alguma coisa, deixa eu ver o que tem. Aumenta a música. Preguiça de sair. Gostar é isso? Vou cortando os tomates enquanto você vai cortando esse pão. Onde tem água? Quer gelada? Que beijo mais geladinho. Como foi lá ontem? A reunião com o cliente? Foi boa. Devo viajar pra Singapura. É lindo lá. Não sabia que você conhecia. Fui a trabalho também. Há uns dois anos. Eu não consigo entender o que você faz, Rui. Sabe que às vezes nem eu? Engraçadinho. Pedro não fazia nada além de estudar. E jogar basquete. E ir à academia. Você gosta de esporte, Rui? Jogo um futebolzinho. Ah, é. Segundas, né? Isso. Vamos colocar esses pães no forno? Deixa eu colocar mais vinho pra você. Será que eu gostava mesmo do Pedro, assim, na hora de estar com ele? Tá pronto, quer comer aqui ou na sala? Tanto faz. Tanto faz? Tanto faz. Tá gostoso. Tô cansado. Que bom que ficamos em casa. É sim. Podemos ver um filme. Ou ficar conversando. Ou qualquer coisa.

Silêncio. Mastigam. Mirela termina a taça de vinho.

Tem mais, vamos abrir outra garrafa? Eu topo. Vamos pra sala? Vamos. Vou deitar nesse cantinho do sofá, meu lugar preferido da casa. Que livro é esse? Ah, um livro qualquer. Comecei, vou terminar, mas não é nada de mais. Esse jornal é de hoje? É sim, comprei voltando pra casa.

Rui lê o jornal. Mirela lê o livro na noite de quarta. Não é um livro que exija muita atenção, a leve embriaguez não chega a atrapalhar. Está frio lá fora. Ela apoia os pés no colo de Rui, sentado no outro canto do sofá. Leem em silêncio. O pensamento voa da página — não chegou a ler assim, lado a lado, em silêncio, com Pedro. Talvez seja o vinho, mas nesse momento este é o maior sonho: um sofá, um livro, um Pedro.

Está acontecendo. Com Rui.

Pedro estaria talvez na poltrona, do outro lado da sala, um pouco mais longe dela, fora do alcance de seu corpo; e provavelmente estaria com o livro dele também. Teria tirado o livro de dentro da mochila preta, sempre cheia. Que raios ele carregava naquela mochila? Que livro estará lendo hoje? Rui vira a folha. Ela tenta se concentrar na leitura, mas o vinho, mas o momento que escapa. Mirela se levanta para encher sua taça. Não, melhor água. Quarta à noite. O que Pedro estará fazendo? Sente raiva da própria pergunta. Sente raiva dos caminhos escondidos em cada instante, os caminhos que sempre levam a ele. Como um vício. Um escape. De quê? Quando estava com Pedro, tentava escapar de alguma coisa? Quer esquecer que ele existiu. Que ele existe. Quer esquecer que ele existe? A água desce gelada. Volta para o sofá. Para a mesma posição. Rui fecha o jornal, olha para Mirela e fica em silêncio. Volta, Mirela. Volta para onde você está. As perguntas esbarram na boca fechada. Vamos dar uma volta? Vamos ver um filme? Vamos dormir? Vamos trepar? Silêncio. Mirela se impressiona por Rui não perguntar se está tudo bem. Admira isso nele. Pedro seria assim também? Chega!, tem vontade de gritar. Mirela se senta.

Sabe, Rui. Não sei se consigo. O quê? (As palavras agora saíram.) Que a gente fique junto. Como assim? Não sei. Não consigo estar aqui.

Ele a olha em silêncio, sério, parecendo tentar entender mais que reagir a qualquer sentimento.

Você é um cara legal, muito legal, mas talvez eu precise ficar sozinha mais um tempo. Quer que eu vá embora? Não, não quero, olha só que estranho, eu deveria querer, né? Por quê? Ah, Rui. Eu poderia dizer que é só um cara. Um cara que já saiu da minha vida há mais de um ano. Ou talvez nunca tenha chegado a entrar. Mas não pode ser, Rui, sei lá, virou outra coisa, sabe? Não sei, Mirela, mas tudo bem. Vem cá. Se quiser me contar, escuto. Se não quiser, tudo bem.

Ficam em silêncio, abraçados no sofá, até que se deitam, até que adormecem, até que Rui acorda de madrugada e desperta Mirela de leve para que durmam na cama.

No dia seguinte, houve um dia seguinte.

Hoje

Já faz meses — quase um ano —, mas Mirela continua encontrando Pedro em todos os lugares. Um Pedro que nunca é, que se desfaz, que vira e tem outro rosto. Atravessa a rua e, no relance de levantar o rosto entretida no telefone celular, lá vem ele, os braços muito compridos, ombro curvado, caminhando ao lado de uma mulher mais velha, uma senhora. Mirela para no meio da faixa de pedestres, segue-o com os olhos até o outro lado da rua, porém este Pedro tem o cabelo preto, não é ele, mas anda tão parecido, será que é?, e uma buzina interrompe seu olhar e precisa seguir, desculpando-se com o motorista irritado. No primeiro Carnaval depois de Pedro, vai a todos os blocos com a certeza de que o encontrará, escolhe-os pensando nos que ele escolheria, e o fato de ele nunca estar não é uma simples obra do acaso, mas uma decepção, como se ele tivesse furado com um encontro marcado. Na rua, no vagão do metrô, nos bares em que vai, nos bares onde ele ia, perto da casa dele, é Pedro, sim, é ele, mas nunca é, Pedro que some, Pedro que escapa, Pedro que parece nunca ter existido. Todos os dias encontrará Pedro, e quando, no fim da tarde ou à noitinha, percebe que não só não o encontrou como não pensou nisso em nenhum momento — seus caminhos plenamente seus —, pronto, acabou-se, encontra Pedro dentro de seu próprio pensamento.

Um dia, no metrô, Mirela o vê, do outro lado do vagão.

É fim da tarde, o trem está cheio, coloca o rosto mais para a frente para enxergá-lo melhor: sim, é ele, a cabeça abaixada, o rosto suado, o cabelo mais curto, mas é ele, loiro, Pedro, sim. Não tem como atravessar o vagão, a boca seca do calor que aumenta, a mão direita molhada agarrando a barra de metal onde se apoia; olha para os lados, as pessoas apertadas, indiferentes a ele, olhando seus celulares, falando, ou quietas, com fones de ouvido. Pedro levanta o rosto, mas está de lado, quase de costas, mas é ele, tem certeza. Estará indo para a universidade? A essa hora? Estão na linha amarela, bem pode ser, mas, na próxima estação, ela o avista pedindo passagem entre as pessoas amontoadas, se espremendo para chegar até a porta, e ela faz o mesmo. O único movimento possível: ir atrás dele. Licença, licença, Mirela diz, nervosa, enquanto imprime, empurrando, força maior na tentativa de abrir passagem do que suas palavras sugerem. O trem diminui a velocidade, ela olha para o outro lado do vagão e o procura, encontra um pedaço de Pedro, um ombro carregando uma alça de mochila, o vagão para, a próxima estação, ela empurra as pessoas na sua frente para sair a tempo, não pode perdê-lo de vista, o que vai dizer?, nada, apenas olhará em seus olhos, ele vai sorrir, sabe disso, se abraçarão, ah, o abraço de Pedro, seu tamanho cabendo inteiro dentro dele, e não perguntará nada, nenhum porquê, apenas estarão juntos, enfim, ah, hoje, bem que ela acordou com uma esperança diferente. A porta da estação se abre, Mirela anda rápido, procura, cadê Pedro?, tanta gente, olha adiante, anda mais rápido, onde está?, não o vê, um homem alto, mas não é ele, uma mochila preta, mas nos ombros de uma garota, sobe pelas escadas enquanto a escada rolante vai a seu lado mais devagar, lotada, será que ele vai sair para a rua ou pegar a linha verde?, ali!, ela o vê, a camisa branca, de costas, a mochila pendurada em um ombro só, o cabelo mais curto e loiro, ela corre, abrindo espaço entre as pessoas, ele vai rápido também, vai em direção ao túnel para a linha verde, está cheio, muito cheio, as pessoas, uma massa que caminha sufocada na mesma velocidade, ela precisa andar só um pouco mais rápido que todos, mais rápido que Pedro, assim o alcançará, se esforça para abrir caminho, empurra, pisa no pé de alguém, recebe cotoveladas, nem sente, tenta não perder Pedro de vista, não agora, não tão perto, daqui a bem pouco estará diante dele, e o pesadelo, o erro desses tempos, terá chegado ao fim, um mal-entendido, um desvio do que deveria ter acontecido certo desde sempre, licença, licença, está um pouco, um pouquinho mais perto, ele avança um pouco mais, já chegou na esteira rolante, ela precisa se apressar, imagina se ele pega o próximo trem na estação Consolação e ela não entra?, não, empurra com mais força, escuta de longe, de outra existência, as vozes de pessoas reclamando da sua passagem brusca, mais rápido, Mirela, mais rápido, chega também à esteira rolante, ele está mais à frente, continua forçando espaço entre as pessoas, mais perto, mais perto, estão quase na plataforma, ele sai da esteira, caminha para uma das filas para o próximo trem, ela se esforça para correr e não o perder de vista, não agora, não agora, ela também sai da esteira, corre, corre, corre, ele parado na fila do trem, ela se aproxima, diminui os passos, junta ar, respira, calma, vai dar tempo, agora anda, está perto, a dez passos de Pedro, nove, respira, bem perto, ignora as pessoas atrás dele esperando, chega, Pedro, Pedro, toca nele, ele olha para trás, para ela, e o susto: os olhos pretos, a boca grande, outro rosto, outra pessoa, desculpe, eu me enganei.

Agora

Quando seus corpos se separam continuam unidos, ofegantes, largados um em cima do outro sobre o lençol encharcado de gozo e suor na noite quente de novembro. Mirela observa a própria respiração arrefecer sem saber como continuar com a noite, e se não abraça Pedro com mais força é por medo de, apertando-o demais, fazê-lo escapar por entre os vãos de seus membros. Abre os olhos mas logo os fecha; o quarto está escuro de toda forma, só as luzes que escapam pelas frestas da persiana que Mirela não abriu pela manhã (nem que lhe prometessem, acreditaria no destino de seu dia quando saiu apressada cedo de casa), e quem sabe, de olhos fechados, a realidade se faça sonho, ou pelo menos interminável. Ainda está bêbada, um pouco menos pelo esforço físico, mas tem dificuldade em acreditar que seja mesmo de Pedro a coxa embaixo da sua, e então abre de novo os olhos para confirmar, o escuro do quarto e o tempo em que sua pupila leva para se acostumar à imagem dele uma reedição dos instantes que antecederam o prazer minutos atrás. O tempo voa, o tempo ao lado de Pedro escorre mais rápido quanto mais Mirela quer que estanque, e numa tentativa de retardá-lo, rememora, também para entender, também para revivê-lo, como chegaram até sua cama, o gosto de cerveja, o gosto da boca dele, cerveja, cigarro e o hálito de Pedro, sugar, sugar, engolir, e abraça-o um pouco mais forte, e ele a aperta mais também. O copo dele estava cheio quando escapou de sua mão, estou namorando, Pedro, há mais de um ano, e o barulho do vidro espatifando-se no chão, ganhando do samba, ganhando das vozes, pedindo silêncio, mas por que você disse isso, Mirela?, pergunta-se a si mesma, não importa, ele agora está aqui, Rui viajando, não pôde ir na bienal de arquitetura, apesar de ter ajudado tanto nas semanas anteriores. Ela já antes estava tão feliz, um prenúncio, ou a completa desistência, não havia nem pensado em Pedro aquele dia todo durante a inauguração, e, no entanto, ele está aqui, sentado agora na cama, vestindo a camiseta, pedindo um copo d'água. O bar com a Bel e o namorado para comemorar o sucesso da exposição, deixar-se ir, deixar-se levar, há quanto tempo?, um lugar, outro, e dançar, beber, beber, beber, e de repente entra Daniel, e entra Victor, dois amigos dos melhores de Pedro de São Paulo, mas Pedro não está, não mora mais aqui, ainda que seja quinta, dia de basquete, e de repente, porém, Pedro está, e aparece atrás de Victor, e Mirela se vê então de fora, e de dentro, e sua respiração já se acalmou para dizer você sabe onde tem água, Pe, pega lá e traz pra mim também, mas também se levanta, se contradiz, está perdida, pega ela mesma a água, não consegue deixar de ser quem é, e agora, frente a frente com esse homem alto e tão lindo bebendo água, não quer ser ninguém mais que ela mesma, apesar de que (é sutil) a realidade, por ser uma só, é menos bonita do que o que há quase dois anos fantasiava, como se a avidez interpusesse, entre o que sente e vive, uma camada tão grossa de expectativa que a faz descrer do que se passa diante dos seus olhos e debaixo da sua pele.

Não se surpreende quando Pedro diz que precisa ir embora, e uma parte sua quer mesmo que vá, como se só em sua ausência pudesse desfrutar do que aconteceu, apossar-se daquilo, agarrar inteira aquela noite, noite de entrega, desvario, sem proteção, ou talvez seja apenas uma maneira de querer o que sabe que vai acontecer, ele vai embora, Pedro só sabe ir embora, de alguma maneira ele sabe ficar? E se o trancasse lá dentro? Se o detivesse na sua casa, na sua vida, se pudesse reescrever a história, obrigá-lo a isso, trancá-lo e não o deixar nunca mais sair? Você é louco, Pedro, você sabe que eu enlouqueci por você, e a partir de agora também é responsabilidade sua o que eu vier a fazer porque você está aqui, você veio com seus próprios pés, e você sabia de tudo. Tudo o que venha a acontecer é responsabilidade de nós dois.

Sente doer a chave na carne da mão: vê a pele avermelhada, marcada pelo formato arredondado com um furo no meio.

Ao acordar na manhã seguinte, reluta em acreditar que não tenha sido só um sonho. Cheira o travesseiro no lugar vazio ao lado do seu, encolhe-se, e quando consegue se levantar e abrir a persiana, vê o uniforme laranja de basquete no chão, dentro de um plástico transparente, perdido, esquecido. Imediatamente pensa que agora tem a desculpa perfeita para escrever para Pedro. Pode escrever para falar do uniforme, precisam combinar de ele pegá-lo, e então propor que se vejam de novo, é fácil, é óbvio, foi de novo tão bom, abriria mão de Rui, pensa, abriria?, olha de novo o uniforme, tira do plástico, pega na mão, o tecido barato, o número 13, o que fazer com aquela noite, o que fazer com Pedro?, doê-lo tudo de novo?, e a dor volta mediante essa mera ideia porque o medo de sentir já é sentir, e talvez agora não precise mais de Pedro para tê-lo dentro de si.

Hoje

É o último mês do ano.

A cidade cheia, os dias cheios, as pessoas com um ar sereno de esperança condenada. A grande sexta-feira do tempo. Mirela sempre pensou assim. Dessa vez, um pouco menos: está, ela mesma, também atarefada, sem poder distanciar-se da vida para olhá-la de longe como costuma gostar de fazer: comemorações de fim de ano, presentes que, dessa vez, decidiu comprar, vai tirar férias logo, logo — estou precisando, disse à chefe —, o aniversário de noventa anos da tia-avó. Hoje à tarde.

Quando chega, a mãe e a irmã já estão lá. Abraça-as, Marieta oferece sua taça para que ela dê um gole, Mirela recusa. A música de fundo se confunde com as conversas de que Mirela não consegue participar. Anda pelo salão, aceita um canapé, pega um copo d'água. Troca algumas palavras com um primo distante, estou bem, tudo bem, cadê a tia Nonô?, ainda não consegui falar com ela.

A tia Nonô está em uma mesa quase no centro do salão. Já anda com dificuldade e fica parada enquanto as pessoas se aproximam para cumprimentá-la, o sorrisinho bonito no rosto enrugado, o batom vermelho, as marcas do tempo visíveis por detrás da maquiagem, laquê no cabelo todo ajeitado. Parabéns, tia Nonô!, e Mirela se debruça para abraçá-la, um abraço frouxo de força física mas inteiro, com cheiro de perfume envelhecido, o perfume de sempre da tia Nonô, a mãozinha pequena batendo de leve nas costas da sobrinha-neta, um consolo, alguém que não sabe de nada, alguém que sabe de tudo, os anos percorridos, o tempo, o tempo.

Mirela volta para perto de Marieta. Vamos lá fora?, pergunta. Tem uma varanda ali, ó. Se levantam e seguem para o espaço aberto. A tarde se abre em uma claridade sutil. Mirela pensa em contar a Marieta sobre o encontro com Pedro, há quase um mês. As palavras não saem. Não há o que contar. Ficam em silêncio, confortáveis. As irmãs e a tarde. Algum dia vai passar?, Mirela se pergunta. Marieta vai atrás de outra taça.

Vamos entrar?, pergunta à irmã, que volta com uma taça em cada mão. Marieta assente, mas continuam no mesmo lugar. Talvez não passe nunca, Mirela pensou, observando que a tarde mudava de cor, recusando a bebida trazida pela irmã. Talvez Pedro seja um lugar seguro, até dele mesmo, uma chave para entrar no terreno do que sempre nunca será; um aceno, direto de um instante, ao tempo que não transcorreu, acessível em lembrança nos finais de tarde da vida toda.

Perto delas, um casal discute, tentando abafar a voz. Duas crianças correm e esbarram num garçom, que consegue equilibrar sua bandeja, mas deixa escapar alguns recipientes. O barulho estraçalhado, sopa no chão. As crianças riem. O casal se cala.

As irmãs voltam ao salão.

Tia Nonô agora vai dançar, dançar bem de levinho, que é o que a idade dela permite. Alguns convidados se postam ao redor, a música sobressai das conversas e risadas. Tia Nonô dá passinhos curtos, a roupa vinho por cima do corpo dobrado sobre si, e os ombros se mexem de alegria, de música. Mirela se emociona ao olhar. Que beleza de mulher é sua tia-avó. Talvez devesse ter sido mais próxima dela: uma matriarca, um monte de filhos, netos, bisnetos, trabalhou com costura por anos, e no meio da vida, depois que o marido morreu, abriu uma confecção, hoje dirigida por duas netas e um neto, da qual ainda sobrevive muito bem. Mas há tantas coisas que talvez devesse ter feito, Mirela pensa, vendo os olhos fechados de tão sorridentes da tia-avó; há tanto que poderia ter sido de outro jeito, e, no entanto, o caminho é só um, e sempre leva ao dia de hoje. Tia Nonô abraça um dos filhos, que quase a levanta, ele também já idoso; muitos riem ao redor. Mirela sorri também. Uma homenagem, alguém diz ao microfone; uma homenagem ao que não aconteceu, ela pensa, os nãos todos, ladrilhos do meu caminho, os nãos que plantam sementes.

Depois

Mirela sairá com a filha do mercado, cada uma com duas sacolas em cada mão, e voltará para casa em completo silêncio.

Se arrependerá de não ter perguntado nada a Pedro, de não ter dito nada a ele, de nunca ter dito, ou de ter sempre dito as coisas erradas e nunca o que realmente importa. Continuará caminhando, o que é uma maneira de deixar de se arrepender, e ignorará o telefone tocando na bolsa, até mesmo porque, com as mãos ocupadas com as compras, não teria como pegá-lo.

Se lembrará de quando a filha nasceu, se lembrará do medo, do alívio, das dúvidas todas, e, sim, em cada instante cabe sempre apenas uma decisão.

No farol fechado para pedestres, olhará para o rosto de Camila, que retribuirá o olhar com um sorriso, e então se lembrará da foto do menino loiro na exposição perto da casa onde Pedro morava, o menino que parecia a criança que Pedro foi.

Mas Camila se parecerá com a mãe, só com a mãe, não terá traço algum de Rui.

© Natalia Timerman, 2021

Todos os direitos desta edição reservados à Todavia.

Grafia atualizada segundo o Acordo Ortográfico da Língua
Portuguesa de 1990, que entrou em vigor no Brasil em 2009.

capa
Julia Masagão
ilustração de capa
Gilberto Mariotti
composição
Manu Vasconcelos
preparação
Manoela Sawitzki
revisão
Huendel Viana
Valquíria Della Pozza

11ª reimpressão, 2024

Dados Internacionais de Catalogação na Publicação (CIP)

Timerman, Natalia (1981-)
Copo vazio / Natalia Timerman. — 1. ed. — São
Paulo : Todavia, 2021.

ISBN 978-65-5692-089-4

1. Literatura brasileira. 2. Romance. I. Título.

CDD B869.3

Índice para catálogo sistemático:
1. Literatura brasileira : Romance B869.93

Bruna Heller — Bibliotecária — CRB 10/2348

todavia
Rua Luís Anhaia, 44
05433.020 São Paulo SP
T. 55 11. 3094 0500
www.todavialivros.com.br

fonte
Register*
papel
Pólen natural 80 g/m²
impressão
Geográfica